ショーペンハウアーとともに

ミシェル・ウエルベック

ある革命の物語

序文

二〇〇五年、ミシェル・ウエルベックがショーペンハウアーの翻訳と注釈からなるこの著作に取りかかったとき、彼は『ある島の可能性』を脱稿したところだった。――このような意表をつく、困難な作業に手を染めたこと自体が、彼がこの哲学者にどれほど入れ込んでいたのかを如実に示している――この新たな構想に数週間打ち込んだ彼は、一冊の本に仕立てようと考えていたが、計画はやがて放棄された。しかし、その間に、『意志と表象としての世界』と『幸福について』から三十ほどの文章を抜粋、自ら訳し、注釈をつけた。

『意志と表象としての世界』は、ショーペンハウアーの主著であるとともに、畢生の書である。この若き哲学者は、博士論文の審査を終えたばかりで、一八一四年から一八年にかけて集中的に執筆活動に勤しみ、一八一九年に同書の第一版を上梓した。だが、その後も絶えず加筆が続けられ、版を重ねるごとに紙幅が膨れ上がり、しまいには現在知られているような、しばしば数冊に分けて出版される浩瀚な書物となったのだ。とはいえ、ショーペンハウアーが望んでいた一般的な成功に——遅まきながら——こぎつけるには、自らの思索の本質をわかりやすく書き直した『余録と補遺』*（『幸福について』はその一部）の出版を待たねばならなかった。「こうして私の名声の喜劇が始まった。こんな白髪の私に、どうしろというのだ」と彼は言ったとされる。

ただし、本書『ショーペンハウアーとともに』は単なる注釈書で

＊『余録と補遺』
〔訳注〕『余録と補遺』*Parerga und Paralipomena* は一八五一年に刊行されたエッセイ集。そのなかで大きな部分を占めるのが、日本では『幸福について』の名で親しまれる『処世術箴言』*Aphorismen zur Lebensweisheit*。

はない。一つの出会いの物語でもある。二十五から二十七歳のころ――つまり、一九八〇年代半ば――ミシェル・ウエルベックは、パリの市立図書館でほとんど偶然に『幸福について』を借りた。「当時、私はすでにボードレール、ドストエフスキー、ロートレアモン、ヴエルレーヌ、ほとんどすべてのロマン主義作家を読み終わっていたし、多くのＳＦも知っていた。聖書、パスカルの『パンセ』、クリフォード・Ｄ・シマックの『都市』*、トーマス・マンの『魔の山』などは、もっと前に読んでいた。私は詩作に励んでもいた。すでに一度目の読書ではなく、再読の時期にいる気がしていた。少なくとも、文学発見の第一サイクルは終えたつもりでいたのだ。ところが、一瞬にしてすべてが崩れ去った」。衝撃は決定的だった。若者は、熱に浮かされたようにパリ中を駆け巡り、『意志と表象としての世界』を見つけ出す。それは、彼にとって「世界で最も重要な書物」とな

＊『都市』
〔訳注〕クリフォード・Ｄ・シマックの小説。人類滅亡後、その痕跡は残された断片的な文献のみであり、現実なのか伝説なのか、犬の研究者の間で意見が分かれている。残された八つの文献を年代順に並べ、人類がどのように滅亡し、犬が地球の支配者になったかを物語る年代記。

った。そして、この新たな読書はさらにすべてを「変えた」*。『服従』の語り手フランソワによれば、「作家とは何よりも、一人の人間であり、その本の中に生きて」いる。文学だけが「死者の魂*ともっとも完全な、直接的かつ深淵なコンタクトを許してくれる。そしてそれは、友人との会話においてもありえない性質のもの」なのだ。これこそまさに、ショーペンハウアーの著作を発見したときにミシェル・ウエルベックがまず感じた、神秘的で鷲掴みにされたような感覚だったろう。そしておそらくまた、この決定的な出会いこそが、意味深くも『ショーペンハウアーとともに』と題されたテクストを執筆することで、彼が読者と共有したいと望んだことだった。というのも、この読書体験が彼のうちに沸き起こした啓示の力は、その後長く付き合うことになるアルターエゴ〔もうひとりの自分〕を見出したことがもたらす衝撃と、間違いなく結びついていたからだ。苦痛

＊すべてを「変えた」
本書二七頁

＊死者の魂と……性質のもの
ウエルベック『服従』（大塚桃訳）河出書房新社、二〇一五年、九頁

の専門家《エキスパート》であり、根っからの悲観主義者《ペシミスト》にして、孤独な人間嫌《ミザントロープ》いであるショーペンハウアーを読むことは、ミシェル・ウエルベックにとっては、明らかに「元気が出る」読書なのだった。――二人ならば、孤独を感じる度合いは少ないからだ。この同一化は凄まじく、ショーペンハウアーを読む前からウエルベックはショーペンハウアー主義者だったのか、それとも、いま私たちが知る彼は、この読書によってできあがったのか、どちらなのかわからないほどだ。彼は、根本的にすでに（世界、人間、人生と）「断絶した人物」だったのか、それとも、ショーペンハウアーが、諍いの種を蒔いたのだろうか。ウエルベックはすでに人間より犬の方を愛していたのだろうか。それとも、ここでもまた、アルトゥール・ショーペンハウアーの影響を見るべきなのか。だが、それはどうでもよい。重要なことは、ここに長期にわたる両者の関係の秘密が見出されることだ。いずれにせよ、ミシェル・ウエルベックが彼の名前で最初に著作を刊行した一九九一年、いたるところにショーペンハウアー的なものが確実に見てとれる。ラヴクラフトに関する彼のエッセイのタイトル『世界と人生に抗って』（恐ろしくショーペンハウアー的だ）がそうだし、第二詩集『生きて在り続けること』の第一行「世界とは具現化した苦悩である」もそうで、これは「あらゆる生は本質的に苦悩である」*というショーペンハウアーの箴言を猛烈に想起させる。そして、極めつけは、むろん処女詩集『幸福の追求』のこの詩句だ。

*あらゆる生は本質的に苦悩である　『意志と表象としての世界』第三巻第五十六節

私はあなたのことを想うアルトゥール・ショーペンハウアーよ
私はあなたを愛し　ショーウインドウにあなたの姿を映し見る
世界には出口がなく　私は老いぼれの道化師
寒い　ほんとうに寒い　さらば世界よ

ほとんど一目惚れと言ってよい出会いだった――だが、それはまたひとつの革命でもあった。というのも、ショーペンハウアー哲学は現実の総体をその複雑さも含めて説明できるような「唯一無二の思想」*を構築することを目指していたが、それはミシェル・ウエルベックにとって素晴らしい真理演算子《オペレーター》とすぐさま思えたからだった。ショーペンハウアーは誤りを悟らせ、世界をあるがままの姿で見つめることを教えてくれる。――真の世界とは、盲目的で無目的な「生きる意志」によって完全に突き動かされたものとしての世界であり、それが生命なきものから、植物や動物、そして人間に到るまで、ありとあらゆる事物の本質なのだ。ショーペンハウアーの言うところの「意志」とは、いわゆる理性の原理とは無縁な形で考えられている。そのために、あらゆる存在は不条理で悲劇的な性格を帯び、苦痛は避けられないものとなる（「あらゆる意志は必要＝欲求

＊唯一無二の思想
『意志と表象としての世界』第一版「序」

＊あらゆる意志は必要＝欲求から、つまり欠如から、つまり苦痛から生じる
『意志と表象としての世界』第一巻第三十八節

から、つまり欠如から、つまり苦痛から生じる」*からだ）と同時に、いかなる正当性ももたない。彼の名高い悲観主義はこの考えに由来するのだ。確かに、徹底的な悲観主義ではあるが、人を強健にする悲観主義でもある。なぜなら、ウエルベックによれば、「幻滅は悪いことではない」*からだ。さらに、ニーチェの『反時代的考察』第三篇*によれば、間違いなくショーペンハウアーは最良の「教育者」でもある。彼の言葉は、息子を教育する父親の言葉に似ている、とニーチェは述べる。それは、「愛情を胸に*耳を傾ける聴き手に対する、誠実な飾り気のない親切な発言である」。道徳の学び舎であるショーペンハウアーの著作は、誠実さ、平穏さ、そして恒常心を読者に教えるが、これらの美徳がショーペンハウアーの特徴であり、それはまた、これもニーチェによれば、文体の教え《レッスン》でもある（なぜなら、道徳と文体は、同じメダルの裏と表だから）。「ショーペンハウアー

＊幻滅は悪いことではない
『ポワン』誌特別号掲載の対話、二〇一六年十月十一月、七四頁。

＊ニーチェの『反時代的考察』第三篇
ウエルベックによれば、ショーペンハウアーについて書かれた「最良のテクスト」。同前。

＊愛情を胸に……親切な発言である
ニーチェ『反時代的考察』ニーチェ全集4（小倉志祥訳）ちくま学芸文庫、一九九三年、二四七頁

＊ショーペンハウアーの粗野で……教える
同書二四八頁

の粗野でいささか野蛮な魂は、フランスの優秀な作家たちの柔軟性や宮廷風の優美さを侮蔑することを教える」のである。だが、はたしてニーチェはこの教えを十分に活かしただろうか。ミシェル・ウエルベックの方はまちがいなくそれを徹底した。彼には文体がないと非難する連中に対して、ウエルベックが常にショーペンハウアーの有名な言葉を引いて反論するのは偶然ではない。「よき文体の最*初の――そして実際上、唯一の――条件は、言うべきことがあるということだ」。

ミシェル・オンフレが*見事に示したように、実のところ、ウエルベックの作品全体をショーペンハウアー哲学というフィルターを通して読むことができるだろう。苦痛を自明のものと見なす態度も同じなら、その悲観主義も、文体についての考えも同じ。のみならず、倫理全般の基礎として共感を重視することも、美的な観照が救いを

＊よき文体の……ということだ
『発言 2』フラマリオン出版、二〇〇九年、一五三頁

＊ミシェル・オンフレが……読むことができる
ミシェル・オンフレ「絶対的な特異性、ニヒリズムの鏡」『カイエ・ド・レルヌ　ミシェル・ウエルベック』二〇一七年

もたらすとする考えも同じであり、世界に「賛同すること」ができない点も同じだ……。このように影響を確認してみれば、ウエルベックが『ショーペンハウアーとともに』をまずは一つの頌《オマージュ》として構想したことは驚きではなくなるだろう。「自分の気に入ったいくつかのくだりを通して、なぜショーペンハウアーの知的な態度が、私にとっては来るべきあらゆる哲学の模範であり続けるのか、また、たとえ彼と意見が一致しない場合であっても、彼に対して深い感謝の気持ちを感じずにはいられない」のかを示したいと思ったと、彼は説明する。

しかし結局、ウエルベックはこの執筆計画を最後まで遂行できなかった。――それが事の成り行きであり、たいへん興味深い点でもあるのだが――手ずから翻訳の労をとった抜粋に、緻密で、ときには骨の折れる注釈を施していくにつれ、ショーペンハウアーの作品の姿が変わっていったのだ。それは、賞賛しつつ根気よく咀嚼すべき教えではなくなる。お手本やみごとな思考機械であることもやめる。ウエルベックの分析は少しずつテクストの字面から自由になり、独自の発展を遂げる。芸術における〈スプラッター〉や、ポルノグラフィの表象が提起する問題について問いかけ、不条理の哲学を批判し、都市を主題とする詩《ポエジー》の出現、二十世紀における芸術の急激な変貌、さらには、「書かれるべき」「凡庸さの悲劇」についての考察となっていく。このきわめて個人的な訓練のうちに、思考の訓練が透けて見える（ここではすべてが独自にウエルベック流であるように見える。本書一一五頁の注で披瀝される「必要」から生じる「遊牧民《ノマド》の生活」と、「倦怠」から生じる「観光客の生活」との比較。そこには、すでに新たな地平が見て取れる。『ショーペンハウアーとともに』が、*おそらくウエルベックの中で最もショーペンハウア

＊『ショーペンハウアーとともに』が……とは思えない
この点については、ピエール・ドス・サントス「観照の倫理学」『カイエ・ド・レルヌ　ミシェル・ウエルベック』、二〇一七年を参照。

ー的な小説である『地図と領土』の直前に位置することは偶然とは思えない。

だが、この恋愛物語はバッドエンドに終わる。ウエルベックは発見から「およそ十年後」にショーペンハウアーと別れたと語る。もう一つの出会い、オーギュスト・コント*との出会いによって、彼は実証主義者になったからだ。ただし、それは「ある種の失望の混じった情熱によって*」だった。それは理性による賛同（当然そうだ）で、熱っぽさもなく、ショーペンハウアーを発見したときのような情熱的な高揚感もなかった。「混乱の接近」と題された一九九二年に最初に発表された論考は、おそらくその当時に書かれたものだろう。ショーペンハウアーは、彼が信じることを拒んだもの、だが実証主義の核心にあるもの、すなわち〈歴史〉の運動によってまさに追い越された、とウエルベックは説明する。ショーペンハウアーが

＊オーギュスト・コント
〔訳注〕フランスの社会学者、哲学者、数学者（一七九八―一八五七）。実証主義の創始者で、社会学の祖。

＊ある種の失望の混じった情熱によって
本書二九頁

明らかにした世界は、「一方で、*意志として（欲望として、生の躍動《エラン・ヴィタル》として）実在し、他方で、表象として（それ自体としては中立で、無垢で、純粋に客観的なものとして、それゆえ美的に再構成可能なものとして）知覚される」というものだったが、それは、今日《こんにち》では時代遅れだ、と。というのも、ショーペンハウアーが決定的だとしたこの考えは、現在の自由主義において優先される「スーパーマーケットの論理」によって打ち負かされたことが明らかになったからだ。「意志」という言葉が示唆する「完遂へと執拗に向けられた、この有機体の全体的な力」の代わりに、現代人が知っているのは「欲望の散乱」と「意欲の減退」でしかない。「表象」に関して言えば、「意味によってすっかり汚され」、裏の意味が絶えずかぶさるため、「純粋さを完全に失ってしまった」。――そのことによって同時に、人とのコミュニケーションの可能性そのものである「芸術的で哲学

＊一方で……知覚される
〔訳注〕『発言　2』前掲書三六頁。生の《エラン・》躍動《ヴィタル》はベルクソンが『創造的進化』（一九〇七）で打ち出した概念。生命の進化を押し進める根源的な力。

＊「芸術的で哲学的な活動」も損なわれた
「混乱の接近」『発言　2』前掲書三六―三八頁

的な活動」も損なわれた。*今や、私たちは、「不健全で、ごまかされ、真底くだらない野心のうちに」*陥っている。だとすれば、〈歴史〉は、悲観主義から私たちを救ってくれたわけではない。それどころか、ショーペンハウアー哲学の基盤を壊し、事態の悪化を再確認させただけだ。だが、〈歴史〉はショーペンハウアーの哲学の有効性をすっかり消滅させたと言えるだろうか。この問いに答えるためには、ウエルベックが「混乱の接近」の末尾で提案する解決策を読むだけでよい。「それでも、*情報や広告の流れの外に一瞬身を置くことで、誰もが自分のうちに一種の冷たい革命を起こすことができる。じつに簡単なことだ。今日ほど、世界に対して美的な態度をとることが簡単だった時代はない。ただ一歩、脇へと歩み出せばよいのだ」。意欲をとめ、距離の意識をもち、偏差《ズレ》を能動的に実践すること。

今でも、そして永遠にショーペンハウアーなのだ。

＊不健全で、ごまかされ、真底くだらない野心のうちに
同書三八頁

＊それでも……ただ一歩、脇へと歩み出せばよいのだ
同書四五頁

アガト・ノヴァック＝ルシュヴァリエ

幼年時代から抜け出せ、友よ、目覚めるのだ！

幼年時代から抜け出せ、友よ、目覚めるのだ！

　私たちの人生は空間のなかですすみ、時間は付属品、残余でしかない。私は自分の人生の重要な出来事が起こった場所を、写真のような無用な鮮明さで記憶しているが、それがいつ起こったかについては、かなり頑張ってもおおまかにしか時間軸に位置づけることができない。そういうわけで、私がパリ七区の市立図書館（より正確には、ラトゥール＝モブール分館）でショーペンハウアーの『幸福について』を借りたのがいつだったかと言えば、二十六歳のときだったかもしれないし、二十五か二十七歳だったかもしれない。いず

†章題はルソーの言葉で、『意志と表象としての世界』第一巻のエピグラフである。
〔訳注〕ルソーの文章は書簡体小説『新エロイーズ』第五部の第一書簡（英国人貴族エドワード・ボムストンから主人公サン＝プルー宛て）の最初の一行。

れにせよ、これほど重大な発見にしてはかなり遅かったことは確かだ。当時、私はすでにボードレール、ドストエフスキー、ロートレアモン、ヴェルレーヌ、ほとんどすべてのロマン主義作家を読み終わっていたし、多くのSFも知っていた。聖書、パスカルの『パンセ』、クリフォード・D・シマックの『都市』、トーマス・マンの『魔の山』などは、もっと前に読んでいた。私は詩作に励んでもいた。すでに一度目の読書ではなく、再読の時期にいる気がしていた。少なくとも、文学発見の第一サイクルは終えたつもりでいたのだ。ところが、一瞬にしてすべてが崩れ去った。

二週間に及ぶ探索ののち、私は『意志と表象としての世界』をサン＝ミシェル大通りにあったフランス大学出版局の書店の棚で見つけた。当時、この本は古本でしか手に入らなかったのだ（数ヶ月の間、私は驚きを声高に語り、数十人の知人に自分の驚きを告げまわった。ヨーロッパの主要な首都の一つであるパリで、世界で最も重要な書物が絶版だなんて！）。哲学に関しては、私はほぼニーチェどまりだった。じつは、挫折を認めざるを得なかったのだ。ニーチエの哲学は不道徳でぞっとするものだと思っていたが、その知力には圧倒されていた。できることなら、ニーチェの思想を破壊したかった、根底から木っ端微塵にしたかった。だが、どうやればよいのかわからなかった。その知性に完敗していたからだ。言うまでもないことだが、ショーペンハウアーの読書がここでもすべてを変えた。私はもはや哀れなニーチェに対して恨みすら感じなくなった。彼は、ショーペンハウアーの後にやってきた不幸な男だった。それだけのことだ——同様に、彼は不幸にも音楽では、ワーグナーと途上で出会ってしまった。

私の第二の哲学的衝撃は、それから十年後に起こったオーギュスト・コントとの出会いだった。彼は、私を正反対の方向に導いた。これほど似ても似つかない二つの精神を想像することは難しい。もしコントがショーペンハウアーと知り合っていたら、彼をただの形而上学者か過去の人物くらいにしか思わなかっただろう（確かに、カントのような「最も偉大な形而上学者」の系譜に属する尊敬すべき人物ではあるが、それでも過去の人物には違いない）。そして、もしショーペンハウアーがコントと知り合っていたら、おそらく相手の思弁を本気にはしなかったことだろう。ちなみに、二人は同時代人（ショーペンハウアーの生没年は一七八八―一八六〇、コントは一七九八―一八五七）だった。私はしばしば、一八六〇年以降、知的な次元では重要なことは起こっていないと結論づけたい誘惑に駆られたものだ。凡庸な人びとの時代を生きるのは、なんとも腹立たしいものだ。知的な次元の進歩に寄与するには自分が無力だとわかっていれば、なおさらだ。私はどんな新しい哲学的思索もなしえないだろう。それができるくらいなら、この歳ですでに何がしかの兆しがあったはずだ。だが、小説に関しては、私の周りにある思想がもう少し豊かであれば、もう少しましなものが書けたはずであることは確実だ。

ショーペンハウアーとコントの間で、私は決断を迫られた。私は少しずつ、ある種の失望の混じった情熱によって実証主義者になった。そして、反比例するように、ショーペンハウアー主義者であることをやめた。それでも、私はコントを再読することはほとんどないし、たとえ読み直したとしても直截な喜びを感じることは決してない。感じる喜びは、やや邪な（確かに、それを感じるときにはほとんど暴力的に激しいが）、精神の平衡を失った著者の奇妙な文体に接するときに感じるようなものでしかない。それに対して、私の知る限りでは、いかなる哲学者もアルトゥール・ショーペンハウアーほどすぐさま心地よく元気づけてくれる読書を提供してくれる者はいない。「書く技術」の問題ではないし、この手のジャンルに見られる饒舌でもない。それは公衆に向かって発言しようというほどの勇気をもつ者ならばあらかじめ同意書にサインすべき前提条件のようなものだ。『反時代的考察』第三篇は、ショーペンハウアーを否定する少し前に書かれたものだが、そこでニーチェは、この哲学者の深い誠実さ、廉直さ、正直さを賞賛している。ショーペンハウアーの声の調子、その一種の粗野な善良さについて名調子で語り、それを読めば読者は名文家や文体に凝る連中に対して嫌悪感を覚えるだろうと述べる。これこそ、広い意味での本書の目的である。私は、自分の気に入ったいくつかのくだりを通して、なぜショーペンハウアーの知的な態度が、私にとっては来るべきあらゆる哲学の模範であり続けるのか、また、たとえ彼と意見が一致しない場合であっても、彼に対して深い感謝の気持ちを感じずにはいられないのかを示したいと思う。そして、今一度ニーチェを引用するならば、なぜ「このような人間が作品を書いたという事実があるだけで、この地上で生きることの重圧が軽くなった」のかを示したいのだ。

第1章

世界は私の表象である

世界は私の表象である。* この命題は、生きていて、思考するあらゆる存在にとって真理であるが、人間のみが、抽象的で反省的な認識の状態にいたることができる。それがほんとうになされたとき、哲学的精神が人間のうちに生まれたと言える。そのとき、私たちが認識するのは太陽や大地そのものではなく、太陽を見る眼、大地に触れる手にすぎないと完全に確信することになる。

＊世界は私の表象である……確信することになる
『意志と表象としての世界』第一巻第一節。本書におけるショーペンハウアーの引用の翻訳はミシェル・ウエルベックによるものである。

〔訳注〕以下、ショーペンハウアーの引用について、ウエルベックの仏語をさらに日本語に訳するにあたって、ドイツ語原文を参照し、大きな違いがある部分はそれを注記した。

ショーペンハウアーはとりわけ、意志の悲劇を力強く描いたことで有名だが、そのことによって不幸にして、小説家、さらにひどい場合には心理学者の範疇に入れられてしまい、「真の哲学者」の範疇から引き離されてしまった。だが、彼には、トーマス・マンには、ましてやフロイトには見られない何かが確かにある。それは完全な哲学体系だ。哲学がその起源からもっていた（形而上学的、美的、倫理的）問いかけの総体に答えようとする野心だ。

「世界は私の表象である」。書物の冒頭の一節として、これ以上に率直で、これ以上に誠実なものを見つけることは難しい。事実、この最初の命題を、ショーペンハウアーは、哲学精神の出発点とする。つまり、彼の場合、哲学の起源は死ではないのだ*。死の意識は私たちを真理の探求へと導くかもしれない、あるいは、少なくとも真理探求を目的に掲げた著作の公刊へと導くかもしれない。だが、それ

＊哲学の起源は死ではない
〔訳注〕「哲学とは死を学ぶことだ」と述べたソクラテス以来、人間を「死への存在」と規定したハイデガーまで、しばしば哲学は死と結びついてきた。

は後からの話だ（事実、死はほぼあらゆるものへと導く）。いずれにせよ、哲学全体の第一の起源は、偏差《ズレ》の意識、世界についての私たちの認識は確実ではないという意識だ。ショーペンハウアーの哲学はまず、認識の諸条件に関する注釈、つまり認識論である。

私たちの身体が*すでにして客体《オブジェ》*であり、この視点からすれば、表象なのだ。実際、それは数ある客体の一つにすぎず、他の客体が従う諸法則に従っている。ただし、身体は直接的な客体である。直観のあらゆる客体と同じように、身体は認識の前提条件である時間と空間に従う。多様性は時間と空間から生じる。

私たちの身体は直接的な客体であるという考え、これには勇気づけられる気がする。一方、多様性こそが現実生活における不幸の尽

＊私たちの身体が……生じる
『意志と表象としての世界』第一巻第二節

＊客体《オブジェ》
〔訳注〕本書に頻出する「客体」「客観」「対象」の原語は、いずれもドイツ語では Objekt、フランス語では objet であり、文脈によって訳し分けざるを得ないのだが、同じものだということを心にとめて読んでいただきたい。同様に「主体」「主観」は Subjekt、sujet の訳である。

きることのない源泉であり、その多様性は認識の前提条件から生じるという考え、これには心をかき乱される気がする。とりわけ、カントが確実だと考えていた前提条件が、いまでは確実性を保証されていないことがはっきりしているからだ（それが明らかになったのは二十世紀だ）。

一方*、重力は、どんな物質にも例外なく働くとはいえ、アポステリオリな〔経験を通じて得た〕認識だと見なすべきである。カントは『自然科学の形而上学的原理』で、アプリオリに〔経験に先立って〕認識されるものとしているけれども。

＊一方……けれども　『意志と表象としての世界』第一巻第四節。

今では私たちは知っている。重量をもたない粒子があることを。つまり、重力が働かない粒子があることを。私たちは非ユークリッド幾何学も知っている。要するに、人類は努力もせずに、カントによる認識のアプリオリな諸条件を乗り越えることに成功したのだ。カントによれば、それらの諸条件はあらゆる形而上学を禁じるものだった。諸条件は実在するが、私たちの脳によって規定されたものであり、より多様なものだ。形而上学は二重に不可能になったと言える。

子どもや、*生まれつき目の見えなかった人が手術をした後に、見ることを学ぶ場合や、両目で見ており二つの感覚を受けているにもかかわらず視覚は一つであることや、いつもと条件が違うと感覚器官が惑わされて二重の触覚を感じることや、目の中では映像は倒立しているのに見える客体は修正されて知覚されていることや、純粋に内的機能である色彩の創造つまり目の活

＊子どもや……間違っていたのだ
『意志と表象としての世界』第一巻第四節

動である二極化された光の分離〔が外的対象に転移されること〕*、さらには、立体映像《ステレオスコープ》の体験。こういった事実が、確実で反論不可能な仕方で証明していることがある。それは、直観とは単に感覚的なものではなく、知的なものであるということ、つまり、直観は悟性*を用いて、結果から出発して原因を認識するということ、それゆえ、直観は因果律を前提としているということだ。一切の直観と経験は、その最初の全的な可能性からして、因果律に依存している。したがって、因果律は、経験からは導き出せない。これはヒュームの懐疑主義*の主張とは異なるが、ヒュームは完全に間違っていたのだ。

世界のどこかに一人の観察者がいて、自分の観測器の文字盤の針が動いたと感じたとしよう。その人は自分の観測器の文字盤の針が

＊〔が外的対象に転移されること〕
〔訳注〕この部分はウエルベックの訳では抜けている。

＊悟性
〔訳注〕ここでの悟性という言葉はカントとは異なる。カントの述べる悟性は、認識能力のひとつで、感性と共同して認識を行なう。直観による表象を行なう感性が下級認識能力とされるのに対して、概念把握の能力である悟性は、理性や判断力とともに上級認識能力とされる。一方、ショーペンハウアーは、悟性を直観の能力と考え、概念を用いる能力は理性のみだとされる。

＊ヒュームの懐疑主義
英国の哲学者ディヴィッド・ヒュームは

動いたと演繹するだろう。疑いが生じれば別の観察者に尋ね、確認してもらうだろう。世界のあらゆるモデル化は直接的な因果律の諸要素から出発し、演繹を経てなされるにちがいない。この点に関して、ショーペンハウアーの論証は揺るぐことがなかった。観察という考えはそれ自体のうちに時間と空間を含む（針は動く）だけでなく、因果律の観念も含む。それは内的感覚の次元を乗り越えるためにも不可欠だ（私は、針が動く気がする、ゆえに針は動く）。

一方に、*実在論的独断論*があり、表象を客体の結果だと見なす。表象と客体という本当は一つであるものを分離して考えようとし、表象とは完全に区別される存在、すなわち、主体から独立した客体それ自体を作ろうとする。しかし、これはまったく考えられないことだ。なぜなら、あらゆる客体は主体を前提

感覚的事物の存在は認めるが、因果律には客観的必然性を認めず、人間の認識の基盤は「習慣」でしかないとした。

＊一方に……客体の世界は超越論的観念性をもつのである
『意志と表象としての世界』第一巻第五節

＊実在論的独断論
実在論とは、認識する現象から独立して、現象を成立させている物質や概念が世界に実在しているとする考え。独断論とは、カントが批判主義と対立する態度としてあげたもので、素朴に自らの立場を信奉するあり方。引用に先立つ部分でショーペンハウアーは、実在論的独断論と併せて観念論的独断論を批判している。

としており、それゆえ、表象にとどまらざるをえないからだ。他方、懐疑主義は、誤った前提から出発して、異議を唱える。彼らの主張によれば、我々が表象だと思っているものは結果だけなのであり、原因ではない。表象によって知ることができるのは客体の作用だけであり、それは客体の存在とは異なる。のみならず、作用は客体とはまったく似ていないかもしれず、そもそもこのような仮定自体が誤りかもしれない。その理由は、一方で、因果律は経験から導き出されるが、他方で、経験の現実のほうは因果律に立脚しなければならないからである。以上が懐疑主義の主張だ。

　このような独断論と懐疑主義に対して教えてやらなければならない。まず、表象と客体は同じだということを。次に、直観される客体の存在とはその作用にほかならず、まさにこの作用のうちに、客体の現実性*はあるということを。客体の現前を主体の表象の外に探し求めること、事物の存在をその作用の外に探し求めることは、馬鹿げた矛盾した企てである。なぜなら、ある客体の作用の様態を認識するとは、客体である限りでの、すなわち表象としての限りでの、この客体の観念を汲み尽くすことだからである。そして、これ以外に客体について認識できるものはない。この意味で、時間と空間において直観された世界は因果律という明解な形式の下で現れるが、完璧に実在的であり、その現れと完璧に一致しており、因果律の法則に結びついた表象として、全面的かつ留保なしに現れる。このようなものが、時間と空間において直観される世界の経験的実在性である。他方で、因果律は悟性によってのみ、かつ悟性にとってのみ存在する。したがって、この現実の世界、すなわち、作用す

＊客体の現実性
〔訳注〕このあたりはフランス語でも日本語でもわかりにくいのだが、それはドイツ語には「現実性」を表す言葉としてRealität とWirklichkeit の二つあるためである。後者はここで「作用」と訳すWirken と同系列の言葉であり、ドイツ語では話が繫がるが、日本語やフランス語では「作用」acte と「現実性」réalité effective は完全に別系列の言葉であり、繫がりが見えない。

る世界は、常に悟性によって条件づけられているのであり、悟性なしでは無である。以上の理由のみならず、主体なしで客体を考えることは、矛盾なしではできないという理由によっても、主体から独立したあり方で外的世界の実在性を定義しようとする独断論者に対して、そのような実在性の可能性そのものを拒否しなければならない。客体の世界はその総体において表象であり、表象に留まるのであり、それゆえ、未来永劫まで主体によって条件づけられたままなのだ。すなわち、客体の世界は超越論的観念性*をもつのである。

初期のヴィトゲンシュタインは『論理哲学論考』で「世界とは事実の総体である」*と述べたが、これも同じ趣旨だ。ショーペンハウアーは『意志と表象としての世界』を執筆したとき（三十歳にもな

＊超越論的観念性
〔訳注〕ウエルベックは最後の一節を、idéalité transcendante と訳しているが、むしろ transcendantale だろう。ショーペンハウアーの原文は、transscendentale Idealität であり、意味から考えても、ここは超越的ではなく、超越論的、つまり経験に属さないものだと思われる。

＊世界とは事実の総体である
〔訳注〕「世界は事実の総体であり、ものの総体ではない」。『論理哲学論考』1・1。

っていなかった)、すでに二冊の著作(『根拠律の四つの根について』『視覚と色彩について』)を世に出した後であり、自分のスタンスを確立していた。彼はカントの批判哲学を自家薬籠中のものとし、批判哲学をより率直で、より正確な姿で示した。『意志と表象としての世界』のこの冒頭部分は、自らの初期作品をたいへん明快に要約したものと言える。

ヴィトゲンシュタインは極めて簡潔な命題によって『論考』を結んだ。「語りえぬものについては沈黙しなければならない*」と。反対にショーペンハウアーは、不朽の栄光へと続く第二のキャリアを歩みはじめる。語りえぬものについて語り出すのである。愛、死、憐憫、悲劇、苦悩について、語りはじめる。言葉を歌の世界にまで広げようとする。大胆にも、そして、差し当たりは哲学者の中でただ一人、小説家、音楽家、彫刻家の領域に踏み込もうとする(だか

＊語りえぬものについては沈黙しなければならない
〔訳注〕『論理哲学論考』7

らこそ、その後も芸術家たちは彼に感謝することになるし、かくも清澄で明晰な同伴者がいたことで元気づけられたと証言することになる）。だが、この営みを彼は戦慄を覚えずにはなしえない。というのも、人間の情念の世界は吐き気を催すような恐ろしい世界であり、そこには病や自殺や殺人が徘徊しているからだ。それでも、彼はこの営みを行なうし、哲学に新たな大地を切り開く（彼以前には誰も開拓しなかったし、以後もほとんど耕されることのない土地だ）。彼は、意志の哲学者となるだろう。そして、この新たな領域に入るにあたって、彼が最初に決意したことは、哲学者には馴染みのない、美的な観照*というアプローチを用いることだった。

＊観照
〔訳注〕観照（仏 contemplation 独 Kontemplation）は、アリストテレスのテオリアに由来する言葉。利害や実用を離れて、真理を純粋に見つめること。ショーペンハウアーは、イデアを認識する方法は芸術であり、天才の業だとした上で、天才とは客観性であり、純粋な観照の能力だとしている（『意志と表象としての世界』第三巻第三十六節）。

第2章

事物に注意深い眼差しを向けよ

精神の力に身を委ね、*事物に対するいつもの見方を捨てたとしよう。事物相互の関係（その最後の目的はたいてい自分の意志に関わってしまう）を、理性の原則に照らして捉えることをやめてみよう。事物について、どこ、いつ、なぜ、何のため、などと考えずに、ただその本質だけを考えるとしよう。さらには、抽象的思考や理性の原則から意識を解き放ち、精神の全力をあげて直観に身を委ね、直観に没頭し、直接現前する自然の対象を静かに観想することで意識を満たしたとしよう――風景、

＊精神の力に身を委ね……苦痛も時間もない
『意志と表象としての世界』第三巻第三十四節

樹木、岩、建物、何でもかまわない。そうすると、ドイツ語の意味深長な表現で言うところの「対象の中へ自分を失う」という状態になる。つまり、自分という個体、自分の意志を忘れて、純粋な主観、客体を反映する透明な鏡になってみるのだ。すると、あたかも対象だけが存在し、それを知覚する人はいないかのようになる。そうして、直観する人間と直観する行為が分離できなくなって一体となり、ただ一つの直観像によって意識全体がすっかり満たされる。さらには、客体が他の客体とのどんな関係ももたなくなり、主体が意志とのどんな関係ももたなくなったとしよう。そうなると、認識されるのは個別の事物ではなくなり、イデアとなる。永遠の形相である。この段階における意志の直接的な客体性である。そうなるともはや、今まさに直観を行なっている人もまた個体ではなくなる。この観照のうちに自分を失ってしまっているからだ。直観を行なっている人は純粋な認識主体であり、意志もなければ、苦痛も時間もない。

この澄みきった観照――それがあらゆる芸術の起源にある――に関する記述は、それ自体が澄みきった文章で書かれているので、このくだりの深い革新性は忘れられがちだ。ショーペンハウアー以前、芸術家とは何かを製作する人だとされてきた。むろん、それは、協奏曲、彫刻、演劇作品など難しい製作であり、特別な次元のものではあった。だが、製作には違いなかった。この観点はもちろん正統なものではある。――そして、ショーペンハウアー本人も、作品を構想し実現することの難しさを認めるのに吝《やぶさ》かでないことは言うまでもない。今日、このような製作の立場に戻り、芸術創造の秘密を過小評価し、当たり障りのないものにしようとする傾向が見られる。

——ストーリーテラーと目される小説家や、自分の作品について語る現代アーティストたちがそうだ。しかし、あらゆる創造の起源、そして源泉は、製作とはまったく異なるものだ。それは生まれつきの気質——したがって、教えることはできない——、木偶《でく》の坊のように世界を受動的に見つめることができる気質なのだ。いつの時代にあっても芸術家とは、無為であったり、世界にひたすら浸りきったり、そぞろな夢に身を委せたりすることで満足できる人間のことなのだ。今日では、芸術は大衆の手に届くものになり、莫大な金の流れを生み出し、そのためにきわめて滑稽な事態が起きている。野心的で、行動力に富み、世渡りのうまい人物が、芸術の世界で一旗揚げようともくろみ、大抵は失敗する。栄冠は、初めは「負け犬《ルーザー》」に見えた無個性同然のみすぼらしい者の手に渡ることになる。そのため、編集者(あるいはプロデューサーや画廊店主、流通に不可欠な仲介者など）は、芸術家を囲い込み、この真理をぼんやり意識しながら、常に彼のことを考え、ある種の不安を感じる。どのように生産を続ける手立てを確保してやるか、と。もちろん、芸術家も金や名誉や女に関心がある。そのことによって芸術家を紐付きにすることができる。しかし、彼の芸術の起源にあったもの、そして、芸術を可能にし、成功を確かにしたものは、まったく別の性質のものだ。この真理がそれだけで彼の哲学を木っ端みじんにしかねないことに困惑したニーチェは、目に見える反証を示して反論することで、それをしりぞけようとした。彼は断言する。詩人は常に本質的に、最良の詩人に与えられる栄冠を獲得しようとする欲望によって突き動かされている、と。だが、そんな考えはナンセンスだ。詩人と呼ぶにふさわしいいかなる詩人も、栄誉の報酬なり、喜んで身を任せる女性讃美者なり、副賞の賞金といったオマージュを拒んだことは決してなかった。しかし、いかなる詩人も、自分の欲望の力が作品の力と関係があると信じるほど愚かだったこともない。それは本質的なものと付随的なものを混同することでしかない。付随的なもの、それは、詩人も他の人間と同類だということ（そして、彼が本当に独創的だったなら、彼の作品はほとんど価値をもたなかっただろう）。本質的なこと、それは、大人のうちのごくわずかな者だけが、子どもや狂人や夢のなかにしかない純粋な知覚能力をもちつづけるということだ。

普通の人間、*自然がまるで工業製品のように毎日幾千と産み出す人間は、すでに述べた通り、利害を離れて純粋に知覚することができない、少なくとも続けることができない。つまり観照ができないのだ。たとえ事物に注意を向けることがあるにし

＊普通の人間……片付けてしまうのだ
『意志と表象としての世界』第三巻第三十六節

ても、自分の意志と関係が——間接的であれ——あるときだけである。このような物の見方は事物相互の関係の認識のみを要求するため、事物に関する抽象的な概念だけで十分であり、しばしばその方が有用でありさえする。したがって、純粋な直観を長時間続けることはないし、眼差しをある対象に長く留めることもない。眼の前に差し出されるあらゆるものに、それに適合した概念を素早く見つけ出し、あたかも怠惰な人が腰掛けを探すように、概念を見つけてしまえば、それ以上の関心は払わなくなる。さっさと片付けてしまうのだ。

このくだりは、期せずして、なぜ芸術分野において卓越した批評が卓越した作品と同じくらい稀であるのかも説明している。——そして突きつめれば、なぜ両者が同じ次元にあるのかということも。

ショーペンハウアーの考えでは、芸術作品はいわば自然が生み出したものであり、自然と同じように、意図が単純で、無邪気なのだ。批評家は、芸術家が自然の被造物を観照するのと同じように無邪気な在り方で、芸術作品を観照すべきである。この条件が満たされれば、彼の批評そのものが一つの芸術作品になるだろう（周知のように、新たな作品のうちに既存の芸術作品を用いることはこれまでも難なくなされてきた。このような借用は、人生からの直接的な借用と同じくらいたやすい。そこには、断絶も区切りもない）。反対に、批評家がまずは概念を探し求め、それを作品に当てはめようとするならば、あるいは、他のものとの近接や対立や参照などによって、作品を状況のうちに置いたり、位置づけたりしようとするならば、はたまた（ショーペンハウアーの表現を用いれば）、関係性という視点から考察しようとするならば、批評家は、芸術の本質的な性質を見逃すことになるだろう。

見渡す限りの地平線*、空には雲ひとつなく、そよとも風が吹かぬなか、草木もなびかず、獣も人もおらず、流れる水もない、ただ深い静寂が支配する荒涼とした土地にいると考えてみよう。このような環境は、私たちにあらゆる意欲とその凡庸さを離れ、ひたすら厳粛な気もちで観照するよう呼びかけているように思われるだろう。だが、荒涼で平穏なこの風景に崇高な味わいを与えるのは、すべての意欲とその凡庸さを断ち切った観照の態度なのだ。なぜなら、この環境は、絶え間ない努力とその達成を必要とする意志に対して、いかなる客体も（有利なものであれ不利なものであれ）提供していないがゆえに、純粋な観照の状態しか残らないからだ。

＊見渡す限りの地平線……からだ　『意志と表象としての世界』第三巻第三十九節

他の次元の場合と同様、美学の次元でも、ニーチェの思想はショーペンハウアーの思想を倒立させたものにすぎない。彼は、スタンダールの有名な「美とは幸福の約束である」[*]という言葉を茶化し一般的な意味を付与する。そして、当然のことながら、この約束は女性の美しさと関連づけられ、スタンダールが言おうとしたことはより正確には次のことだったとされるのだ。「エロティシズムとは幸福の約束である」。

崇高さの感情は、[*]意志にとって都合の悪い対象が、純粋な観照の対象となることで生じた。純粋な観照は、意志をたえず逸らし、利害関心を超越することによってのみ維持される。これこそ、気分のうちに崇高感をなすものだ。反対に、魅惑的なもの[*]は、美の把握にとって必要な純粋な観照の状態から観察者を

＊美とは幸福の約束である
〔訳注〕『恋愛論』第十七章。ただし、スタンダールの原文は「美とは幸福の約束にすぎない」。

＊崇高さの感情は……こともあった
『意志と表象としての世界』第三巻第四十節

＊魅惑的なもの
〔訳注〕第四十節では、「崇高」概念の特徴を説明するために、対比として「魅惑的なもの（Reizende）」が語られる。ウエルベックは、この語をle joliと訳すが、文字通りに訳せば「綺麗なもの」となる。beau（美しい）に対して、joliは表面的な美を示す。

引き離し、直接心地よい対象によって、意志を興奮させる。そのような対象は、観察者を純粋な認識主体から遠ざけ、隷属的で、貧しい意欲の主体にしてしまう。魅惑的なものという概念は、あらゆる明朗な美に当てられるが、これは正しい判断を欠いており、範囲を拡げすぎた概念であるから、避けねばならない。先に説明した意味において、芸術の領域では魅惑的なものは二種類しかないと思うし、そのどちらも芸術の名には値しないと考える。一つは、オランダ画家たちの描く静物画に見られるもので、対象は食べ物だ。本物と見紛うほどそっくりに描かれており、見ていると食欲を催すほどで、当然のことながら意志を刺激し、対象の美的な観照に終止符を打つ。果物の絵はまだ許せるだろう。花が成長したものとして、形態と色彩によって美しい自然の産物として提示され、必ずしも食べることを思わせない場合ならば。しかし、不幸にしてしばしば、牡蠣、鰊《にしん》、オマール海老、バターを塗ったパン、ビール、ワインなど食卓に供される料理が本物そっくりに自然に描かれる。これらは、唾棄すべきものだ。――歴史画や彫刻における魅惑的なものとしては裸体がある。そのポーズ、半裸の衣装、全体のあり方、すべてが、眺める者に欲情を掻き立てることを狙いとしている。このため、純粋に美的な見方はすぐに消え、芸術の目標と衝突する。この欠点は、先にオランダ絵画の静物画に対して非難した欠点と完全に対応する。ギリシャやローマの人々は、彼らの彫刻作品が美しく完全な裸体であっても、この欠点からほとんど免れている。それは、芸術家自身が、純粋に客観的な理想の美に満たされた精神で創造し、主観的でいやしい欲情の精神では創造しなかったためだろう。ゆえに、芸術においては、魅惑的なものは、常に避けられねばならない。

また、否定的《ネガティヴ》な魅惑的なものもある。これは先の肯定的《ポジティヴ》な魅惑的なものよりもさらに非難すべきものだ。吐き気を催させるもの、これも本来の魅惑的なものと同じように、見る者の意志を呼び覚まし、それによって純粋に美的な観照を抹消してしまう。ただし、これによって引き起こされるのは、激しい反発、嫌悪感だ。嫌悪を催させる対象を見せることで、意志を呼び起こすのだ。そのために、昔から芸術において許されてこなかった。ただし、醜いものでも、吐き気を催させるものでないかぎりは、場所をわきまえさえすれば許されることもあった。

スプラッターに対するこの完膚なきまでの糾弾は、困難だが避けることのできない問題を引き起こす。というのも、悲劇はしばしば

――そしてほとんど必然的に――恐ろしい犯罪を題材に用いざるを得ないのであり、果たしてそれを舞台上で上演できるかどうかについては大いに議論の分かれるところだったからだ。結論はしばしば否定的なものだった。憐憫の感情が悲劇的な情動を構成するにしても、あまりに暴力的な感覚器官が参与することでかき乱される恐れがあるとでもいうかのように。

　同様に、観察者の性的欲望を目覚めさせること（いわゆるエロティシズム）が芸術作品とは正反対のものだという点ではショーペンハウアーに容易に譲歩できるとしても、人間の裸体の表象が芸術の最も古典的な主題をなしていることは否定できない。また、性行為の表象そのもの（ポルノグラフィ）も、それが客観的な仕方で、すなわち、欲情（同じく反感も）を引き起こさずになされるのなら、芸術の領域に属しうることも否定できまい。この区別は現実に存在するだけでなく、実験することもたやすい（勃起*ほど観察が容易なものはない）が、概念化することはきわめて難しい。たしかに単純なケースもあるし、ショーペンハウアーはそれを指摘してもいる（誘うような服装、モデルの扇情的なポーズや表情）。他方で、きわめて繊細かつ反論の余地のない差異性を創造する裸体を「表象する一般的な仕方」もある。

一方で、*あらゆる事物は、純粋に客観的に、あらゆる相互関係と無縁に見ることができるが、他方で、意志は、その客体性の何らかの段階を示しながら、あらゆる事物のうちで現れるのだから、事物はイデアの表現と言える。したがって、あらゆる事物は美しい。

＊勃起
〔訳注〕ここで、話を勃起に振るのはいかにもウエルベックらしいと思われるだろうが、じつはショーペンハウアーも勃起について書いている。「勃起のきっかけはひとつの表象であるから、これは動機である。しかし、このきっかけはひとつの刺激のもつ必然性をもって作用する。誰もこれに抵抗することはできないのであり、そのきっかけを遠ざけるしかない」（『意志と表象としての世界』第二巻第二十三節）

＊一方で……あらゆる事物は美しい
『意志と表象としての世界』第三巻第四十一節

二十世紀の芸術、「見る者が絵画を作る」という考え、マルセル・デュシャンなどを体験した私たちにとって、この一節はさほど驚くべきものには見えない。しかし、このショーペンハウアーの考えは当時としてはあまりに先鋭的だったので、同時代人たちは、気づくことさえなかった。強調すべきことがある。ショーペンハウアーにとって美とは、ある種の事物だけに属し、他のものには属さない性質ではなかった。つまり、何らかの技術的な力が美を生み出すのではなかった。むしろ観照を行なった結果生じるものなのだ。このことをさらに明瞭に表す一節がある。「あるものが美しいということは、それが私たちの美的な観照の対象であるということである」。彼は同じくらいはっきりと、芸術において反省や概念を用いることを非難している。

イデアは直観的であり、*直観的なものにとどまるがゆえに、芸術家は自分の作品の目論見や狙いを抽象的には自覚していない。彼を導くのは概念でなく、イデアである。芸術家が自分がどんな風に作るかをうまく説明ができないのはこのためだ。彼は俗に言うように、無意識に、フィーリングで、じつを言えば、本能的に仕事をするのだ。

平穏で、一切の反省、一切の欲望、また世界の他の事物とも切り離された形である物を眺めること、これこそがショーペンハウアーの言う観照であり、彼の美学であり、単純であると同時に、極めて独自であり、古典主義からもロマン主義からも等しく離れたものだ。実のところこのような芸術観は西洋の文化史には属さない。この点にこそ、ショーペンハウアーが「最も深遠な思想」に近づく最初の

＊イデアは直観的であり……仕事をするのだ
『意志と表象としての世界』第三巻第四十九節
〔訳注〕この節の主旨は、概念とイデアの違いである。個物の多様性を代表する点では両者は同じ。だが、概念は抽象的、論証的で、理性を備えた者なら誰でも捉えることができる。一方、イデアは直観的であり、天才か、天才の作品によって純粋な認識力を高めて天才的な気分になった者だけが到達できる、とショーペンハウアーは述べる。

徴を認めることができる。ニーチェの言葉を借りれば、この思想によりショーペンハウアーは「西洋の上空に新たな仏教の脅威を飛翔させることになる」。

直観が最も重要であるという彼の単純な指摘は、さらに興味深い実践的な結果をもたらす。一方でこの指摘は、芸術家たちとの対話がもちうる利点の限界を示している。たとえ芸術家が豊かな概念的な想像力を備えているにしても（ときにそういうケースもある）、彼らは自身の作品についてあれこれ解釈を編み出して楽しんでいるだけであり、決して真面目に行なっているわけではない。そしてこの指摘はとりわけ、芸術教育がほとんど役に立たないことも示している。結局のところ、辛うじて意味をもつのは、昔の巨匠たちに関する個別研究のみだ。それとてなしで済ますことができるだろう。ショーペンハウアーに従えば、芸術学校のありうべき最良の改革は、単純に学校を閉鎖することだ。彼の目からすれば、哲学教育に関しても同じで、この類似はきわめて意義深い。というのも、ショーペンハウアーはしばしば論証を行なうし、その類い稀な知性によって、主題が要求する見事な論証をやってのけるにしても、彼の哲学思想の核、真に革新的な原理は、概念の領域には属していないからだ。それはむしろ反対に、彼独自の直観のうちにあり、その本質的な性格は芸術的なものであり、おそらくは一八一〇年代の半ばに現れたのである。

第３章
生への意志はこのように客体化される

注意深い眼差しで*事物を眺めるとしよう。見えるものと言えば、水の流れが地の底へと向かうときのすさまじい圧力、磁石がいつでも北極に向きを変える力、その磁石に鉄が飛びつくときの力、電気の両極が互いに結びつくときの激しさ。それは、人間の欲望と同じで、障碍があればあるほど激しさを増す。また、きわめて速やかで、規則正しい結晶作用は、様々な方向へと向かう動きが、厳格な法則の下、固体化の過程で突然止まったものだ。そのほかにも、固体だった物体が液状になって自由

＊注意深い眼差しで……指し示している　『意志と表象としての世界』第二巻第二十三節

になり、互いに求め合ったり避け合ったり、結ばれたり別れたりするのも見える。最後に、重みのある物が大地に向かうのを私たちの身体が阻止しようとすると、休みなく重圧を加えて、あくまでも自分の道を行こうとすることにも気がつく。こういった現象を見れば、たいした想像力がなくても、私たち人間からこれほど離れた事物の中にさえ、人間と同じ本質を認めることができるだろう。この本質は人間の場合には、認識の光に照らされ、目的を追求するが、他の事物の場合、その現れの最も弱いものにおいては、ひたすら盲目的で、聞く耳ももたず、ひたすら突き進むだけである。それでも、本質は変わらないのだから、――暁の光も真昼の光も、日光という名前を分かちもつように、――人間以外の世界の場合も、意志という名をもつべきだろう。この名こそ、世界におけるそれぞれの事物の存在であり、あらゆる現象の唯一の核を指し示している。

このくだりは、いかにもショーペンハウアーらしく芸術的に書かれている。彼にとって重要なのは、深く沈潜した観照によって自分が発見した類比《アナロジー》を、私たちに感じさせることだ。もっとも、先の事態はまったく反対に進むこともありうる。欲望をそそる体型の若い娘に対する、ごく自然で汚れのない本能的な欲望もあるし、反対に、危険を前にして身動きができなくなりながら意志とは無関係に後ずさりすることや、身体的苦痛が起こりそうなときにすくみあがる恐怖心もある。これらの例は、理性によって媒介され、言葉によって捉えられ表現可能になっているわけだが、それらのうちにも、自然の諸力の上に永遠不変に働いている基本的な力を認めずにはいられないのではなかろうか。だからといって世界を擬人化しているのではないし、人間の情熱を機械化しているのでもない。外観の違いを超えて同一なものを認知することが問題なのだ。証明が試みられているのは、あらゆるもののうちに見られる根本的な自己主張の力であり、彼の体系の全体がそこに立脚している。つまり、形而上学的探求の方法として、内省を使用するのだ。

スピノザは言っている*（書簡六十二）。「石が何らかの衝撃を与えられて空中を飛ぶとき、石に意識があれば、自分の意志で飛んでいると考えるだろう」と。私なら、「そのとき石は正しい」と付け加えよう。石にとっての衝撃は、私にとっての動機である。石において、この状況のうちで、凝集力、重力、持続性として現象するものは、内的な本質の点から言えば、私が自分のうちに意志として認識するものと同じだ。石にさらに認識

＊スピノザは言っている……認識することだろう
『意志と表象としての世界』第二巻第二十四節

も備わっていれば、これを意志として認識することだろう。

「あらゆる存在は、自己の存在に固執しようと努力する」*ともスピノザは述べる。このくだりは、ショーペンハウアーにおける意志という観念がきわめて普遍的な射程をもつことを強調するとともに、心理学に陥ることなく意志を論じることがどれほど重要であるのかも強調している。

同時代のドイツ人が展開したこの意志の形而上学について知ったなら、コントはおそらくフェティシズムへの驚くべき回帰を見て取ったことだろう。事実、それは徹底的なフェティシズムとでも呼ぶべきものだ。というのも、コントはアダム・スミスを引きながら、「いかなる国、*いかなる民族においても、重力に神を見出すことはない」と考えていたからである。初期のコントにとってショーペン

＊あらゆる存在は、自己の存在に固執しようと努力する
〔訳注〕スピノザ『エチカ』第三部定理六

＊いかなる国……見出すことはない
〔訳注〕オーギュスト・コント『実証哲学講義』第四巻第五十一講「社会動学の根本法則、すなわち人類の自然的進歩の一般理論」。原文は微妙に異なっている。「有名なアダム・スミスは、その『哲学論文集』の中で、どの時代にもどの国にも引力の神は存在しない、と巧みに指摘している」（霧生和夫訳『世界の名著』三十六巻、中央公論社、一九七〇年、三一二頁）。

ハウアーのような考えは、自分が行なった歴史運動の分析に対する奇妙な反例に見えたことだろう。反対に晩年のコントは、フェティシズムへの回帰こそが新たな宗教に基盤を提供できるという考えに次第に誘惑されていったように思われる。なぜならフェティシズムのみが感情的な愛着を生み出すことができるからだ。そうはいっても、ショーペンハウアーの思想において「大いなるフェティッシュ」*（コントの風変わりな呼び方で世界を呼ぶならば）は、宗教上の愛着を引き起こすものからはほど遠い。一つの宗教は、恐怖によってのみ存続することができる（これはあらゆる一神教にあてはまる）とショーペンハウアーは考えた。一方、コントの目標はそれとは違っていた。だが、コントの晩年の日々が、集中的な知的活動だったただけでなく、軽い混乱にも見舞われていたこと、また、宗教に関する総括を完成する時間がなかったことは指摘しておくべきだろ

＊「大いなるフェティッシュ」
〔訳注〕コントが「大いなるフェティッシュ」と呼ぶのは地球のこと。また人類を「大いなる存在」、数学者たちの空間を「大いなる環境」と呼ぶ。

う。

じっさい、* いかなる目標も限界もないことが、意志そのものの本質である。意志とは終わることのない努力だからだ。この点についてはすでに遠心力について言及した際に述べた通りだ*が、それが最も単純な姿で現れているのが、意志の客体性の最も低い位階である重力の場合だ。重力は究極の目標に達することはないのに、休むことなく努力している。重力の意志に従って、あらゆる物質が集まって一つの塊になったとしても、その内部で重力は中心点へ向かって努力し、いつまでも剛性や弾性という形態のもとにある不可侵性との闘争を続けるだろう。つまり、物質の努力は抑制されるのみであり、決して叶えられたり、満足させられたりはしないのだ。あらゆる意志の現象の努

＊じっさい……とらわれることはない
『意志と表象としての世界』第二巻第二十九節

＊述べた通り
〔訳注〕『意志と表象としての世界』第二巻第二十七節

力も同じだ。ひとたび目標が達成されると、それがまた新しいプロセスの始まりとなり、それには終わりがない。植物は芽が出ると、茎や葉を花や果実へと高めていくが、果実は再び新しい芽の始まりとなり、新しい個体はかつてのサイクルを繰り返し、これが無限に続く。動物の生もまた同じだ。生殖は、動物の生の頂点にあるが、そこに到達したことを境に、最初の個体の生命は多かれ少なかれ衰えていく。その間に新しい個体が生まれ、自然に対して種を維持することを保証し、同じ現象を繰り返す。有機体の絶え間ない新陳代謝も、このような恒常的な成長と変化の現象と見なされるべきである。今では生理学者たちは、物質のこの入れ替わりを運動で消耗した成分を補充することとは考えていない。機械の摩滅は、栄養を絶えず注入することとは違うからだ。永遠の生成、終わりなき流れ、これこそが意志*の本質の顕在化である。人間の企てや欲望のうちにも同じものが現れている。それらを実現することは、意欲の最終目標であるように思われるが、一度達成されると、それが当初の企てや欲望だったとは思えなくなるため、やがて忘れ去られ、古着のように捨てられ、実のところ、そうでないふりをしてはみるものの、一時の錯覚として放置されてしまう。それでも、欲望したり渇望したりするものがあれば幸せである。欲望からその実現へ、実現から新しい欲望へと続けることができるだろう。この移行が迅速な場合が幸福と呼ばれ、緩慢な場合が不幸と呼ばれる。この動きがあれば、少なくとも、恐ろしい麻痺状態のような停滞に陥らずにすむ。やり場のない曖昧な欲望、死にたいほどの物憂さにとらわれることはない。

＊意志
〔訳注〕ウエルベックは「意欲」としているが、ここではドイツ語原文に従い、「意志」とする。

ショーペンハウアーは、しばしばバルタサル・グラシアン*やフランスの文人《モラリスト》たち*に比較されてきた。彼自身、この比較に好意的だったことも事実だ。だがじっさいには、多くのくだりが、むしろ「コヘレトの言葉」の注釈を思い起こさせる。「すべてのことは*人を倦み疲れさせる、人はこれを言い尽くすことができない」。だが、これらの言葉はとりわけ人間の活動が虚無の刻印を打たれていることだけを意味するのではない。自然が、自然全体が、休息も目標もない、限界なき努力であるということだ。「すべては虚しく、空しく、風を追うようなことだ」*。仮にショーペンハウアーが二十世紀に生まれた不条理の思想を知ったならば、それをどれほど不十分だと考えたかは予想がつくだろう。彼にとって不条理の最も雄弁な例は重力である。実のところ、人間の運命の不条理さが、特に衝撃的に見えるのは、人間の実存に超越的な価値を無条件に帰属させるからに

＊バルタサル・グラシアン
〔訳注〕スペインの哲学者、神学者、イエズス会士（一六〇一―五八）。黄金世紀を代表する著作家で、教育や哲学に関する散文で知られる。著書に『人生の旅人たち』『賢者の処世術』など。ショーペンハウアーは『幸福について』でグラシアンを引用しているだけでなく、箴言集である『賢者の処世術』を自らドイツ語に訳した（出版は没後の一八六二年）。

＊フランスの文人《モラリスト》たち
〔訳注〕モラリストとは一般に、モンテーニュ、パスカル、ラ・ロシュフコー、ラ・ブリュイエールなど人間精神を探究した文人を指す。

＊すべてのことは……できない

すぎない。つまり、キリスト教的、あるいは、せいぜいのところ政治的な見方をしているのだ。このような考えほどショーペンハウアーの思想から遠いものはない。

世界全体が受け入れがたいものであることは確かだが、なかでも特別な侮蔑の対象となるのは、生である。「人生」ではない。生全般である。動物の生は不条理なだけでなく、恐ろしいものでもある。「なんと忌まわしいものだろうか、私たちもその一部をなすこの自然とは！」とショーペンハウアーは、アリストテレスに続いて叫ぶ。それに続く文章は、長大で深遠、奈落のように深遠で、悲嘆と恐怖によって荘厳な一節で締めくくられる。驚嘆と、決定的な自覚をまちがいなく引き起こす文章だ。人生の経験によって、ばらばらだった感情がまるで結晶化するかのような自覚を。今後、誰かがそこに一言ですら付け加えることができるとは想像すらできない。是非と

〔訳注〕『旧約聖書』「コヘレトの言葉」一章八節

＊すべては虚しく、空しく、風を追うようなことだ

〔訳注〕同四章四節

も環境保護論者《エコロジスト》たちに捧げたい一節である。

しかし、[*]単純かつ容易に見ることができる動物の生のうちにおいては、あらゆる現象の努力が虚しく徒労であることがやすやすと把握できる。ここでは諸器官の多様性や、それぞれの動物が環境や獲物に適応するやり方の巧みさが、確固たる目的が完全に欠如していることと鮮やかな対照をなしている。目的の代わりに何があるかと言えば、束の間の快楽、欲求を満たすためのはかない快楽、多くの長きにわたる苦痛であり、終わりなき闘争、万人の万人に対する戦い、それぞれがハンターであると同時に獲物であること、興奮、欠如、悲惨と恐怖、叫びと唸り声、こういったものが私たちの目に現れる光景であり、そして、それが永遠に、あるいはこの惑星の地殻が再び炸裂すると

***しかし……生への意志はこのように客体化される**
『意志と表象としての世界』続編第二十八節

きまで続くのだ。ユングフーン*は、ジャワで見渡すかぎり骨まった骨で覆われた土地を見て、戦場かと思ったという。じつは、それは長さ五フィート、幅と高さが三フィートの巨大な亀の骨だった。亀たちは海から出てこの道にやってきて、産卵しようとしたところを、山犬に襲われたのだ。犬たちは一団となって亀たちをひっくり返して、腹の甲羅、つまり腹の小さな鱗を引っ剝がし、生きたまま貪り尽くす。ところが、しばしば虎がそこにやってきて犬どもに襲いかかる。この惨状が、何千回何万回と、来る年も来る年も繰り返される。このような目的のために亀の子らは生まれてくる。何の咎があって、このような拷問が続かねばならないのだろうか。何ゆえに、このような恐ろしい場面が起こるのか。それに対する答えは一つしかない。生への意志はこのように客体化される。

＊ユングフーン
〔訳注〕フランツ・ヴィルヘルム・ユングフーン（一八〇九―六四）は、オランダの植物学者、地質学者。ジャワ島に住み、民俗学、地形学、植物学の研究を行なった。

第４章

世界という劇場

　ショーペンハウアーの最も印象的な隠喩の多くは（じつのところ、それは文学そのものでもある）、劇場世界から借りてこられたものだ。舞台の上で、表象＝上演《ルプレザンタシオン》としての世界は、その最も単純な形で表現される。書き割りは、そもそも写実的なものではないし、美的な観照の対象とはなりえない。なくても不都合はない。また、たとえあるときでも、さまざまな情念の間で起こる諍い――これが演劇の本質だ――を際立たせる機能しかもたない。

反省の状態に引き下がるとき、* 人は、出番がひとまず終わった俳優に似ている。再登場するまで、観客に混じって席に座り、舞台で起こっていることを、たとえそれが自分の死の準備であろうとも、落ち着いて見物し、そのあと再び舞台に戻り、しかるべき行動をしたり苦しんだりする。

このような舞台装置は、とりわけ、劇場の象徴である人工的な性格を前面に出すときに用いられる。事実、理性の上に打ち立てられた道徳体系は、何がしか人工的である。『意志と表象としての世界』第一部の掉尾で、ショーペンハウアーは、道徳や処世訓を、理性を使用することの上に基礎づけようとした者たち（ストア派）に言及する。以下がその結論である。

＊反省の状態に引き下がるとき……苦しんだりする　『意志と表象としての世界』第一巻第十六節

ストア派の倫理学の*根本には内的な矛盾が巣食っている。その著作から理解する限り、ストア派が理想とする賢者は、いかなる生も、いかなる詩的真実も私たちに提示しない。つまり、私たちの役には立たないぎこちない木偶《でく》であり、本人もそんな知恵を持て余している。ストア派が説く平静、満足、幸福は、人間の本性と正反対のものであり、直観的に思い描くことができない。

この批判は、ショーペンハウアー自身が『幸福について』において、ストア派とかなり近い実践的な智恵の助言をするだけに、きわめて衝撃的だ。確かに『幸福について』は、幸福な人生があることを前提しているために、妥協に基づいており、ショーペンハウアーは、その執筆のために、彼の「本来の哲学が*めざす高次の形而上学

＊ストア派の倫理学の……できない　『意志と表象としての世界』第一巻第十六節

＊本来の哲学が……離れ　『幸福について』序文、本書一〇二頁

的かつ道徳的な視座から離れ」なければならなかった。先の抜粋は、処世哲学という観念に対する、同じくらい重要な二つ目の留保である。さらに衝撃的なのは、ここで用いられる論証だ。ストア派が理想とする賢者が批判されるのは、それが実現不可能だからだけではない。詩的真実を欠いているためでもあるのだ。詩をこれほど真剣に考えた哲学者はそれまでいなかった。

叙情詩の作者の意識を満たしているのは[*]、意欲の主体、つまり彼自身の意志である。たいていは、自由で満足させられた意欲（悦び）だが、さらに多いのは、妨げられた意欲（悲しみ）である。いずれにせよ、情念、熱情、動揺などの心的状態である。だが、その傍に、同時に現れる別のものがある。作者は周りの自然を眺め、自分のことを意欲から独立した純粋な認識主

＊叙情詩の作者の意識を……刻印したものである
『意志と表象としての世界』第三巻第五十一節
〔訳注〕意志（仏 volonté 独 Wille）と意欲（仏 vouloir 独 Wollen）はほぼ同意義であるが、前者が名詞であるのに対し、後者は動詞の名詞的用法でより能動的だという点で異なる。ショーペンハウアー

体として自覚する。精神は平穏であり、常に制限を受け飢餓状態にある意志の欲望とは対照的だ。この対照《コントラスト》の感覚、両者の交代こそ詩歌の全体において表現されるものであり、一般に叙情的な精神状態を生み出すものだ。この状態においては、意志や懊悩から私たちを救うために、純粋な認識がやってくる。私たちはそれに身を委ねる。しかし、それは束の間のことだ。またしても意志が、そして私的な目的が甦り、私たちを安らかな観照から引き剝がす。だが、それでもやはり、身の周りにある美しい環境は、意志から解放された認識を私たちに提供し、私たちを誘惑する。だからこそ、抒情詩や叙情的気分においては、意志（私的で利害関心の絡んだ観点）と、眼前に現れる環境の純粋な直観とが素晴らしく混じり合っているのである。つまり、両者の関係は探求され、想像されるのだ。主観的な気分や意志

の場合、意志は主体の背後に控えるもの、意欲は意志が主体において発現したものを示す。ウエルベックは冒頭部分を「意欲の主体、つまり彼自身の意志である」と訳しているが、ショーペンハウアーの原文は「意志が主体化したものは、その者の意欲である」。この引用部分では、ウエルベックの訳は「意志」と「意欲」がしばしば入れ替わっている。この部分はニーチェが『悲劇の誕生』第五章で引用していることによっても名高い。

の触発は、周りの世界の直観に関わる。逆にまた周りの世界はその色彩を直観に反映させる。真の抒情詩とは、このように、交じり合い、分離した魂の状態を刻印したものである。

この卓抜な分析に、付け加えるべきことは一つしかない。都市を主題にした詩《ポエジー》が可能になったのはかなり最近のことにすぎないということだ（パリでは十九世紀半ば、それを最初に見てとったのはボードレールだ。ドイツでは確実にもっと後だった）。都市が十分に拡張し、その広大で没個性な環境に、ときに壮大な、ときに絶望的な美を与えるようになり、それが詩人たちの意識に、彼の意志と関係するいかなる要素も提示せず、また結局のところ最も粗野な自然と同じくらいかけ離れた奇妙なものとして現れるようになったのは、本当に最近のことでしかない。この点を除けば、都市風景を観照することで生まれる平穏は、きわめて高度な闘いによって、そして、さらに生々しい苦悩のただ中で獲得されなければならなかったと言える。

大きな不幸の描写は悲劇*に不可欠な唯一の要素である。詩人は様々な仕方でそれを描くが、ほぼ三種類にまとめることができるだろう。第一は性格悲劇で、登場人物に桁外れの悪役がいることによって、不幸が起こる。例としては、リチャード三世、『オセロ』のイヤゴー、『ヴェニスの商人』のシャイロック、シラー『群盗』のフランツ・モール*、エウリピデス『ヒュポリトス』のパイドラー、『アンティゴネー』のクレオンなどが挙げられる。第二は運命悲劇で、盲目的な運命、つまり偶然と過ちによって起こる。この種の見本は、ソフォクレスの『オイディ

＊大きな不幸の描写は……感じさせるからだ
『意志と表象としての世界』第三巻第五十一節

＊フランツ・モール
モール伯爵の次男で、兄カールと父を欺き、計略を巡らし家督の相続を狙う冷血漢。

プス王』や『トラキスの女たち』*であり、一般に古代の悲劇の大部分がこれに属す。近代では、『ロミオとジュリエット』、ヴォルテールの『タンクレード』*、シラーの『メッシーナの花嫁』*などがそれにあたる。第三は、単に登場人物たちが置かれた状況内での相互関係によって引き起こされる悲劇。この場合、不幸が起こるのに、恐ろしい間違いや、途方もない偶然は必要でなく、桁外れの悪役も無用だ。むしろ、ごく普通の道徳心をもった人物が、ごく普通の状況で対立する位置に置かれ、立場上しかたなく、お互いに意識しながらも、きわめて恐ろしい不幸を作り出してしまう。この場合、誰かに明白な咎《とが》を帰することはできない。この最後の方法は前の二種に比べてずっと悲劇に適しているように思われる。なぜなら、この悲劇が見せてくれる最大の不幸は、何ら例外として起こるのでもなく、稀な状況

＊『トラキスの女たち』
ヘラクレスの妻が嫉妬から騙されて、夫にヒドラの猛毒のついた衣を着せ、殺してしまい、自らも自害する。

＊ヴォルテールの『タンクレード』
日本ではもっぱら寛容の思想家として知られるヴォルテールだが、生涯に多くの戯曲を書いている。『タンクレード』（一七六〇）は最後の戯曲。恋人に裏切られたと思った中世の騎士を主人公とした全五幕の韻文劇で、好評を博した。若きロッシーニによって『タンクレーディ』（一八一三）としてオペラ化されている。

や怪物的な人間によって引き起こされるのでもなく、普通の行動や性格からごく自然に生ずるにもかかわらず、ほとんど本質的なものとして出現し、まさにそのために、人生にこのような不幸があることを私たちに恐ろしいほど身近に感じさせるからだ。

＊『メッシーナの花嫁』　異教とキリスト教が拮抗する時代のシチリアを舞台とした悲劇（一八〇四）。フィビフによってオペラ化された（一八八四）。

ショーペンハウアーはさらにその先で、この最後のやり方が、彼には最も美しいと思われるが、同時にもっとも難しいとも指摘する。そして、説得力に富む例を挙げあぐねている。奇妙なことに、状況はそれ以来ほとんど変わっていない。たとえ、人間の運命を弄んで楽しむ神々の存在はもはや信じられていないにしても、私たちは〈運命〉をあいかわらず信じている。ショーペンハウアーの時代以来、大いに発達した幻想文学は、まさに運命を重要な要素として用いてきた。「桁外れの悪役」たちはどうかと言えば、それを具現する現代の登場人物は数多い。一方、ごく平凡な状況から生み出される凡庸さの悲劇は、以前にも増して不可避になっており、作家に描かれるのを待っている。

第５章

人生をどう生きるか　私たちは何者なのか

哲学の気高い使命は、科学の現状と両立するあり方で、直観にとって接近可能で、理性にとっても満足できるような仕方で世界を包括的に示すことだ。しかし、その傍らで、伝統的にはもう一つ別の機能もある。人生を生きるのに適切な助言を与えること、実践的な意味での「智恵」に達するのを助けることだ。ただショーペンハウアーの場合、厄介なことに、第一の機能が第二の機能を不可能にしてしまう。というのも、彼の哲学が達した極めて単純な結論とは、世界は不幸なものであり、存在しないほうがずっとよかった、というものだからだ。世界の内部で、命ある者の領域は重度の苦痛地帯を構成している。人間の生は、生の最も完成した形態であるが、苦悩においても最も豊かなのだ。このような考えの哲学には私たちを深く慰めてくれるものがある。人間の不幸の豊かな源泉である欲望の根を断ち切る手助けをしてくれるからだ。あらゆる享楽は、いかに望ましいものに見えようとも、実際には、大いなる気苦労のうちでしか得ることはできないし、束の間の結果しかもたらさない。さらに、この哲学は、非在〔存在しないこと〕が苦悩の消滅であることを示すことによって、死を引き受けることも助けてくれる。反対に、その実践上の結果は極めて貧しい。もし人生が苦痛であるとすれば、最良の行動は、静かに片隅に引きこもり、すべてを終わらせる老いと死を待つことだと思われるからだ。これらすべてを、ショーペンハウアーは『幸福について』を執筆しはじめたとき十分自覚していた。

本書では、*「人生における知恵」というものを内在的な意味、すなわち、人生をできるかぎり快適で幸せにする技術という意味で考えている。この目的のための助言は「幸福論」と呼ばれる。つまり、「幸せな生活への方法論」である。幸せな生活とは、客観的に考えた場合、というよりむしろ（ここでは主観的判断が肝心なので）冷静に熟慮すれば、非在よりは好ましい状態、と定義できるだろう。ここから言えることは、私たちが幸せに生きることに執着するのは、単に死を恐れているからではなく、幸せな生活それ自体のためであるからで、だからこそ、幸せな生活が続いてほしいと願うのだ。さて、人生がこのような幸せな生活という考えに合致するものか、あるいは合致する可能性はあるのかという問いに対しては、ご存じのように、私の哲学は否定的に答えるのだが、幸福論は肯定的な答えを前提として

＊本書では……すぎないのだ
〔訳注〕『幸福について』序文

いる。というのも「幸福論」は、私が主著『意志と表象としての世界』の第二巻第四十九章で非難した、人間生来の迷妄を基礎としているからである。にもかかわらず、私はこの主題に取り組んだため、私の本来の哲学がめざす高次の形而上学的かつ道徳的な視座から離れざるをえなかった。それゆえ、これから述べる一切の分析は、いわば妥協の産物であり、通例の経験的立場にとどまり、その迷妄を保っているという意味で、条件付きの価値しかもち得ない。そもそも「幸福論」という言葉自体が婉曲表現にすぎないのだ。

だとすればなぜ彼は、このような企てに身を投じたのだろうか。それを説明するのは難しいが、現実問題として、この本が書かれなかったとしたならば、私たちがその不在を大いに嘆いたことはまちがいない。なにしろ、本書は確実に、これまで書かれた本の中で、最も才気に富み、最も読みやすく、最も面白い本だからだ。事実、冒頭で自分の信念と一致していなければならないという義務を自ら赦免した後、ショーペンハウアーは本書で、信じられないほど自由な口調で、人生に関して、人が正当に期待しうる事柄について、奥深くも繊細な諸側面について語る。欲望から完全に解放される以上の解決はないし、それゆえ平穏な生とは死を待つことにほかならないというショーペンハウアーの信念は変わらない。とはいえ、それを実行することが決して容易でないことを彼は自覚しているし、徹底的な断絶よりはむしろ、熟慮された一連の減退を提案する。その教えはここでもやはり急進的《ラディカル》で、仏教的な教えである。しかし、その仏教は、つまるところ穏健で、人間的にされ、西洋文化向けに、つまり気短かで貪欲な、諦観には不向きな我々西洋人の性格向けに翻案された仏教である。『幸福について』が、愛想がよく、平易なのはそのためであるが、とても流麗で潑溂《はつらつ》と進んでいくので、抜粋するのが困難でもある。——著者が、形而上学の険しい山頂をしばし忘れ、人生という基本的ではあるがさほど真面目とはいえない主題と戯れているのを読者は感じる。そしてまた、内容がそっくりそのまま正しいために、ほとんど注釈を附したくない本でもある。形而《メタフィ》上学《ジック》が変わったとすれば、それは科学《フィジック》が変わったためである。それでも、人生は多かれ少なかれ昔ながらの法則にしたがって動いているのであり、読者は、ショーペンハウアーの序文の結論を読んで、それが悲しい事実であることを確認するにちがいない。

　一般に、あらゆる時代の賢人たちは常に同じことを語ってきたし、あらゆる時代の愚者たちは、つまり圧倒的大多数は常に同じことを、つまり、賢者たちの言ったことと反対のことを行なってきた。それは今後も変わらないだろう。だからこそ、ヴォルテールは述べたのだ。「私たちは、*生を受けたときと同様に、愚かで悪意に満ちたままの世界を去るだろう」と。

人間にとって存在し、*生み出されるあらゆるものは、直接的には人間の意識のなかに、また意識にとって存在し、生み出されているにすぎない。したがって、何よりも重要なのは、意識の性質であって、たいていの場合、すべては意識のうちに現れた様相にではなく、意識の性質によるのだ。どんな栄華や快楽も、愚か者の脆弱な意識のなかでは、セルバンテスが居心地の悪い牢獄で『ドン・キホーテ』を書いたときの意識に映ったものと比べて、はるかに貧相に映るものだ。

＊私たちは……世界を去るだろう
『幸福について』序文。
〔訳注〕ヴォルテールの引用出典は、一七六〇年三月十九日づけリュツエルブルク伯爵夫人（一六八三―一七六五）宛書簡。

＊人間にとって存在し……愚鈍なままだろう
『幸福について』第一章

現在および現実の客観的なものの半分は運命の手に握られており、それゆえ変化する。残りの主観的な半分は私たち自身であり、それゆえ本質的に変わることはない。したがって、各人の一生の特徴は、外界からのさまざまな変化にもかかわらず、平均的にはほぼ変わらず、いわば同一主題をめぐる一連の変奏曲のようなものだ。誰ひとりとして、自分の個性から逃れることはできない。これは人間も動物も同じで、いかなる状況であれ、自然がその存在に決定的にあてがった狭い領分にとどまり続けるのだ。だから、たとえば愛する動物を幸せにしてやろうと努めても、動物の本性と意識の限界ゆえに、狭い範囲内にとどまらざるを得ない。人間についても同じで、それぞれの個性によって可能な幸福の範囲はあらかじめ決まっている。とりわけ精神的能力の限界によって、高尚な享楽を味わう能力は決定的に定められている。精神的能力の限界が狭ければ、外部からどれほど努力してみても、他の人間や幸運の手助けがあっても、動物並みのありきたりの人間的な幸福を上回ることはできない。官能的な享楽、一家団欒、気取らない人間関係、通俗的な暇つぶしで満足することになる。教育ですら、領分を広げるのにほとんど、あるいは、まったく役立たない。というのも、若いころは思い違いをすることもあるが、最も高尚で多様で長続きする享楽は精神的享楽であり、これは主に生まれつきの能力に左右されるからだ。したがって幸福は、「そのひとが何者か」ということ、つまり各人の個性によることは明らかだ。ところが多くの場合、ひとは運命ばかりを考慮する、つまり「所有物」や「見せかけ〔他人にどう見えるか〕」ばかりを考慮する。運命はよくなることもある。それに、内面が豊かな者は運命に多くを期待することもないだろう。一方、馬鹿者はいつまでたっても馬鹿者だし、愚鈍な者はたとえイスラームの天国で美しい処女《フーリー》たちに取り巻かれたとしても愚鈍なままだろう。

最後の部分は読者を驚かすかもしれない。「享楽」*（Genüsse）という一般的な言葉を用いていることもだ。馬鹿者が、交響曲や精緻な論証の美をほとんど味わえないことは、たやすく納得できるだろう。だが、例がフェラチオだったら、もっと驚きではないか。しかし、これは経験によって確認できることだ。快楽の豊かさは、性的快楽の場合ですら知的なもののうちにあるし、直接に、それぞれの能力に比例する。残念なことに苦痛の場合もそうだ。

普通人の単純な歓び（一家団欒や気取らない人間関係）に関する部分は、現在では幾ばくかの寂しさなしには読むことができないだ

＊「享楽」

「享楽」と訳したフランス語の jouissance は、ドイツ語の Genüsse 以上に「性的快楽」「官能的な喜び」を想起させる言葉。

ろう。現代社会においては、そんなささやかな歓びはほとんど「失われた楽園」のように見える。官能的な享楽も、ますます稀になっている。そして、これらの幸福が減少しているのは、もちろん、「精神の高尚な享楽」が優遇されているためではない。ショーペンハウアーが罠と見なしたもの、つまり、金銭や名声（所有物と見せかけ）が優遇されているためだ。最後の二つに関しては後ほど見ることにしよう。しかし、すでに以上の確認だけで現代社会を断罪するには十分だろう。

私たちの幸福と享楽にとって、*主観的なものは、客観的なものとは比較にならぬほど重要である。これは、空腹ならば何を食べても美味だとか、若者が女神のごとく崇める美女が老人にとっては何ほどでもないとかいうことから、天才や聖者の生き

＊私たちの幸福と享楽にとって……満足できない
『幸福について』第一章

方にいたるまで、あらゆることで確証される。とりわけ健康はありとあらゆる外的な財産にまさる。ほんとうに健康な乞食は病める国王よりも幸福である。完璧な健康と恵まれた体質から生じる落ち着いた朗らかな気質、明晰で洞察力に富み、正確な判断を下す理性、純粋な良心を備えた節度ある穏やかな意志、こういったものこそ、いかなる富や位階にも換えがたい美徳である。自分自身にとって何者であるのか、孤独のうちにあって自分と共にあるもの、誰からも奪われることのないもの、それこそが、何をもっているかとか、他人の目にどう映るかよりもはるかに重要である。才知溢れる人物は孤独であっても、思索や空想で楽しめるが、愚か者は、社交や芝居や散策やパーティーでひっきりなしに気分転換したとしても、彼を責めたてる倦怠を追い払うことはできない。善良で穏健で温厚な性格ならば、貧しくても満ち足りて幸福だが、貪欲で嫉妬深く意地悪であれば、どれほど金持ちであっても満足できない。

チェスタトンは*『異端者の群れ』のなかで、最も極端で過酷な勇気は、高い塔に昇って下に集まった群衆に向かって二足す二は四だと断言することだ、と書いている。彼自身はいつもこのような勇気をもっていたわけではなく、当然のことだが、しばしば、独創的で革新的な、あるいは利発な様子をひけらかすことを好んだ。ショーペンハウアーは永遠のために書き（同時代の偏見を顧みず、偏見を助長することもなく、それらと闘うこともなく）、自分の本だけが生き残るべきであり、人類の叡智の総体を含んでいるかのごとく執筆活動を行なった。彼が凡庸で自明なことを言うのに必要なエネルギーをもっていたのは、自分の言うことが正しいと信じていたから

＊チェスタトンは……と書いている
〔訳註〕チェスタトン『異端者の群れ』第五章「ウエルズ氏と巨人」別宮貞徳訳、春秋社、一九七五年、六六頁。なお、原文は「一万の人間を前に塔の上に立ち、二掛ける二は四であると言うのは、最高の勇気、鬼神も避ける勇気がなければできることではない」。

だった。彼は常に真理を独自性より上に置いた。それは彼ほどの位置にある者にとって、決して容易ではなかったはずだ。

しかし、あらゆるもののうちで[*]私たちを最も直接幸福にしてくれるのは心の陽気さである。この長所の効能はそれ自身のうちにあるからだ。陽気な人は、常に陽気でいられる理由がある。それは本人が陽気であることにほかならない。この長所は他のあらゆる財産に匹敵すると同時に、この長所は他のなにものにも換えることができない。若くて美しく、裕福で尊敬されている男がいるとしよう。はたして彼は幸福であろうか。それを知るには、彼が陽気かどうかを知りさえすればよい。反対に、陽気であるなら、若かろうが年寄りであろうが、腰が伸びていようが曲がっていようが、貧乏だろうが裕福だろうが、関係ない。

＊しかし、あらゆるもののうちで……迎え入れるべきなのだ
『幸福について』第二章

彼は幸福である。小さかったころ、一冊の古い本を開いた私はこんな一節を目にした。「多く笑うものは幸福だし、多く泣く者は不幸である」――たいへん素朴な注釈ではあるし、言わずもがなの自明の真理とはいえ、そのきわめて単純ではあるが、明白な真理ゆえに、いまでも忘れずによく覚えている。というわけで、陽気さが訪れたら、いつでもドアも窓も開け放ち、迎え入れるべきなのだ。

ショーペンハウアーの陰鬱で明晰な哲学においては、素朴な陽気さにはほとんど場所がない。とはいえ、予測できない小さな幸福の瞬間、この小さな奇蹟があることを、ときには彼も驚いたように確認する。

華やかさというものは*たいてい、劇場の書き割りのように単なる見せかけであって、本質が欠けている。たとえば、旗や花輪で飾られた船、祝砲、銅鑼《どら》や喇叭《らっぱ》、歓声や喝采などは、歓びを表す看板であり、暗示であり、象形文字だ。ところが、歓びそのものは多くの場合そこにはない。ご本人だけが祝宴に来ることを辞退した格好だ。歓びが本当に姿を見せるときは、しばしば招かれたわけでもなく、前触れもなしに、ひとりで気取らずに静かにやってくる。たいていはありきたりの状況の、取るに足らないごく些細なことで、輝きも晴れがましさもない機会に現れるのだ。

大まかに見れば、*苦痛と倦怠が人間の幸福にとっての二つの大きな敵である。さらに悪いことは、一方からうまく遠ざかっ

＊華やかさというものは……現れるのだ
『幸福について』第五章第一節

＊大まかに見れば……活動させようとするのだ
『幸福について』第二章

ても、もう一方に近づいてしまうことだ。その結果、人生はまるで振り子のように、ときに強くときに弱く揺れながら、両者のあいだを行ったり来たりする。それは、二つの敵が互いに二重の対立関係にあるためだ。第一は外的、あるいは客観的対立であり、第二は内的、あるいは主観的対立である。外部において苦痛を招くのは困苦と欠乏であり、倦怠を招くのは安泰と過剰である。そのため、*下層階級の人びとはたえず困苦と、つまり苦痛と闘う。それに対して、裕福な上流階級の人びとは常に倦怠を敵にまわし、しばしば絶望的な闘いをする。苦痛と倦怠の内的もしくは主観的な対立のほうは、苦痛に対する感度と、退屈に対する感度が反比例することに由来する。そして、この感度は精神的能力の程度によって決まる。つまり、精神が鈍ければ、感度も鈍く、神経過敏になることもない。このような精

＊そのため……絶望的な闘いをする　文明の最低段階にある遊牧民《ノマド》の生活が、文明の最高段階にある観光客の生活が一般的に行なっているもののうちに再現される。ところが、前者は「必要」から、後者は「倦怠」から生じたのである。
〔訳注〕原書では、注の形で挿入されているが、この文もショーペンハウアーの地の文である。編者の勘違いか。

神の持ち主は、あらゆる種類、あらゆる度合いの苦痛や悲しみに対して鈍感である。だが、まさにこの精神の鈍さから、多くの人びとの顔に刻まれた、あの内面の空虚が生じる。どんな些細なものであれ、何にでも、外界のあらゆることにたえず盛んに関心をもつことから顔に出てしまうあの内面の空虚が、倦怠の真の源である。たえず外的刺激を渇望し、手当たりしだいに精神と心情を活動させようとするのだ。

幸福と享楽のあらゆる外的源泉は、*その性質上、きわめて不確かで疑わしい、儚く、偶然に左右され、状況次第で、たちまち尽きてしまう。そもそも、外的源泉が常に手元にあるわけではないのだから、こうした事態は避けがたい。高齢ともなれば、それらはみな、ほとんどすべて消え失せてしまう。恋愛もおふ

＊幸福と享楽のあらゆる外的源泉は……見えたとしても

『幸福について』第二章

ざけも旅や乗馬の楽しみからも見放され、社交の場には向かなくなる。おまけに友人や親類まで死神に連れて行かれる。そうなったときは、自分が常に備えているものこそがいよいよ大切になる。というのも、これだけが最も長持ちするものだからだ。自分が常に備えているものは、年齢にかかわらず、幸福の真の源泉、唯一の永続的な源泉だ。この世では多くのものを得ることなどできない。この世は困苦と悲痛に溢れ、それらを逃れたとしても、倦怠があらゆる場所で待ち受けている。そのうえ、たいていは凡庸なものが幅をきかせ、愚かさが声高に叫ぶ。運命は残酷で、人間は悲惨だ。このような世界のなかで「自分の身に常に多くを備えた人」は、雪と氷に埋もれた十二月の夜に、クリスマスの飾りつけをした明るく暖かな部屋のようなものだ。したがって、卓越した豊かな個性と、とりわけ優秀な精神をもつことは、確実にこの世における最大の幸運である。たとえ、それが最も輝かしい幸運とは似ても似つかないように見えたとしても。

それのみならず、[*] その反面とも言える事態もある。精神の大いなる才能に恵まれた者は、神経の活動が著しく優れているために、あらゆる形態の苦痛に対しても、感度がきわめて高い。さらにその前提である情熱的な気質に加えて、知覚そのものが活き活きとしていて、はっきりした形をとり、それらと緊密に結びついているために、引き起こされる感情も比較にならないほど激しい。そして、心地よい感情よりも苦痛のほうが断然多いのである。そして、ついには精神の大いなる才能ゆえに、このような人物は、他の人たちや彼らの活動とは疎遠になってし

＊それのみならず……羨む者はひとりもいない
『幸福について』第二章

まう。自分の身に常に備わっているものが多ければ多いほど、他の人たちのうちに見出せるものは少なくなるからであり、他の人たちに大きな満足をもたらす数多くの事柄は味気なく、むかつきさえ覚えてしまうからだ。おそらくここでも、いたるところに見られる「埋め合わせの法則」が働いているのかもしれない。精神的に最も劣った者が結局は一番幸せだという主張はよく聞くものだし、そう思えぬこともない。そうはいっても、そんな人間の幸福を羨む者はひとりもいない。

ほんとうにそうだろうか。

第６章

人生をどう生きるか　私たちがもっているもの

高尚な知的能力をもっていれば幸福になれるのか。それを知ることは机上の問題にすぎないだろう。いずれにせよ、私たちは何も変えられないのだから（知的能力は、増加も抑制もできない。馬鹿者になる確実な方法も知られていない）。財産についても同じだ。富を増やすことはできるし、少なくともそれを試みることはできる。また減らすことはたやすい。この点に関して、ショーペンハウアーはきわめて明白な助言を与えてくれる。

獲得した財産*であれ親譲りの財産であれ、心を配って維持することをここで勧めたとしても、自分の筆に対して恥じるところは少しもない。家族をもたないひとり身にせよ、真に独立して、働かずに悠々自適に暮らすだけの財産をもっていれば、それは計り知れない利点である。人生につきまとう窮乏や労苦から逃れ、免れることができる。大地の子の自然の定めであり、万人が背負わねばならぬ苦役から解放されるのだ。運命からこの厚遇を得た者こそ、生まれつきの真の自由人、真の「自権者《スイ・ユリス》*」（自分自身の主人）、自分の時間と力を自由に使う者であり、毎朝、「今日一日は私のものだ」と言えるのだ。だからこそ、千ターレルの年金がある人と十万ターレルの年金がある人との違いは、千ターレルの年金がある人と、無一文の人との違いに比べれば、限りなく小さい。だが、親譲りの財産が最高の価値を発

＊獲得した財産……怠け者にすぎない
『幸福について』第三章

＊「自権者《スイ・ユリス》」
〔訳注〕sui juris とはローマ法において、誰の家権力にも服していない者、独立人のことを意味する。同じ自由人でも、家長などの権力に服している者は、他権者 alieni juris と呼ばれ、従属人とされ、法的に異なる身分であった。

揮するのは、これを手にした人が優秀な精神的能力を備えて、糊口を凌ぐための仕事とは無縁の営為に打ち込む場合だ。この場合、彼は運命から二重に厚遇を得たことになり、自分の天才に従って生きることができる。彼はこの借りを、誰にも成しえない事業を果たすことで、人類全体に恩恵をもたらし、おそらく人類の栄誉となるものを生み出すことによって、百倍にして返すことだろう。また、この優遇された状況にあって、慈善活動によって人類に貢献する者もいるだろう。これに対して、これらのことをまったくしない人、また、一度たりとも、試しにであっても、真剣になんらかの学問を学び、少しでも学問に貢献しようとすらしない人は、軽蔑すべき怠け者にすぎない。

訳者あとがき

ご覧のように、本書は第6章で、結論もなく唐突に終わっている。ウエルベックがショーペンハウアーに投げかけるコメントをもっと読んでみたい。そう思うのは訳者ひとりではなかろう。もしこの翻訳と注釈の作業が続けられていたら、その後いったいどのような展開が見られたのだろうか。思わず、そんな書かれなかった部分を想像したくなる。

二十一世紀フランスを代表する作家と、十九世紀ドイツの哲学者。この組み合わせは意外に思われるかもしれないが、ディープなウエルベック読者であれば、作家のショーペンハウアーへの共感は驚きでないばかりか、「なるほどこんな思いが彼の小説の背景にはあったのか」と膝を叩く人もいるのではなかろうか。じっさい、これまでも小説のなかにパスカルやプルーストと並んで『意志と表象としての世界』の哲学者はときどき顔を出していたからだ。

ウエルベックとショーペンハウアーの出会いの経緯については作家本人が本書の序論で詳しく説明しているし、全体的な文脈についてもアガト・ノヴァック＝ルシュヴァリエが前書きで見事に解説しているので、ここではもう少し自由に、ウエルベックとショーペンハウアーに関する補足情報を記すことにしたい。

というのも、本書には、哲学についての予備知識がないと読みにくい部分もあるからだ。それも困ったことに、一番とっつきにくいのが第1章ときている。後半になればなるほどすらすら読めるのだが、まずは第一関門をクリアする必要がある。『意志と表象としての世界』の冒頭からの引用は、ドイツ観念論に馴染んでいる方は別として、哲学の専門用語が多数出てきて、取りつく島もないと感じる読者も多いのではないか。それも無理からぬ話であって、『意志と表象としての世界』は、若きショーペンハウアーがカントやヘーゲル哲学を乗り越えようという野心をもって一八一九年に世に問うた純然たる哲学書、つまり今からちょうど二百年前に刊行された専門書なのだ。そのままでは歯が立たないのも当然と言える。しかし、この第1章の難関を乗り越えれば、あとはいつものウエルベック節に導かれ、ショーペンハウアー哲学を発見することができるはずだ。そのお手伝いをするために、少し乱暴なまとめ方になるが解説を試みてみよう。カントによって確立されたドイツ観念論によれば、私たちが認識しているのは、あくまでも仮象としての現象で、本当の世界ではない。「真実在」とも言われる本当の世界、カントの用語で言えば、「物自体」には、認識によってはたどりつけない。この世界観をショーペンハウアーも大枠では受け継いでいる。この点を踏まえたうえで、本書を理解するために表象、意志、観照という三つのキーワードの意味をまずは確認しておこう。

• 表象（ドイツ語 Vorstellung　フランス語 représentation）

現代思想に関心がある人はともかく、一般には馴染みの薄い言葉だろう。現在では、あるものの代理としてそれを表すイメージのこと（例えば、りんごを描いた絵や、りんごの写真は、りんごそのものではなく、りんごの表象）を指すことが多い。ただし、カントやショーペンハウアーの場合、もう少し複雑だ。まず物は、知覚（意識的表象）、感覚（主観的表象）、認識（客観的表象）の形で捉えられる。どの場合でも、私の意識に浮かび上がる物を「表象」という。ショーペンハウアーが「世界は私の表象である」と言ったのは、あくまでも私にとって現れるかぎりでの対象にすぎない、ということである。

カントとの大きな違いは、ショーペンハウアーが、「考える」ことよりも、「見る」ことを重視する点にある。後述するように、利害から離れて「眺める」ことこそ、天才にとって大切だとされる。さらには、身体を徹底的に軽視どころか敵視してきた従来の哲学者と異なり、身体の重要性を強調したショーペンハウアーは、身体がなければひとは「見る」ことができないと考えた。この点は観念論の枠組みを大きくはみ出ていると言える。ウエルベックの第二の引用（本書三七頁）が示すように、身体こそ世界のなかでただひとつ現実的な個体であり、主観にとって直接的に捉えることができる客体であるという考えはきわめて現代的だし、この身体と意志が同一視される点に大きな特徴がある。

・**意志（ドイツ語 Wille　フランス語 volonté）**

通常の意味では「意志」は単なる衝動や本能とは異なり、動機にもとづいた自覚的なものと考えられる。しかし、ショーペンハウアーの場合は違う。人間や動物だけでなく、あらゆるものが持つとされる「意志」はむしろ衝動のようなものだ。動機もなければ、目的もない、ほとんどどころか、衝動そのものである。「認識をもたず、盲目的で、抑制不可能な単なる衝動にすぎない」（第五十四節）とされるのだ。「意志」と言うと、精神の問題のように思われるかもしれないが、ショーペンハウアーにおいて、意志とは身体の本質だとされ、「生への意志」とは身体が存続しようとすることに他ならない。

言い換えれば、それはただひたすら生きよう、生き延びようとする本能の世界であり、目標に向かって邁進するような意識的な意欲とはまったく異なるものだ。つまり、世界には究極的な意味はない、と言ってもよい。これはニーチェに先駆けたニヒリズムの態度だと言える。「意志と表象としての世界」とは、客観的には人間の身体も含めた自然が表象として現れ、主観的には人間の意識的意志も含めて、一切のものに「生への目的なき意志」を認めるものだ。その一方で、ショーペンハウアーもカントと同様に、人間の認識は現象界に限られ、物自体としての「意志」の世界は認識できないと考える。そうはいっても、真に存在するイデアに到達できる人もいる。それが、天才と呼ばれる人たちで、彼らの事物を眺める態度が「観照」と呼ばれる。

・観照（ドイツ語 **Kontemplation**　フランス語 **contemplation**）

これも一般には馴染みの薄い言葉かもしれないが、端的に言えば、利害や関心を離れて虚心坦懐に事物を「眺める」こと。生涯にわたってフルート演奏を楽しみ、若き日のヨーロッパ旅行で各地の美術品や名画に親しんだだけでなく、ゲーテからも可愛がられたショーペンハウアーが、美学の枠組みを超えた位置を芸術に与えているのは確かだ。本書第2章でウエルベックが取り上げるのが、まさにその芸術論である。ショーペンハウアーの場合、観照はとりわけ、芸術家の態度と結びつくのだが、それは、目先の自分の利益はおろか、人類や世界のためといった高邁な精神とすら無縁な仕方で、ただぼーっと眺めることなのだ、とウエルベックは敷衍する。一切が無目的な「生への意志」からなる世界がショーペンハウアーの世界観だと先に述べたが、しかし、そのような荒涼とした世界に一種の救済をもたらすのが芸術であり、天才だとされる。というのもそこでは人間が意志をもたない純粋な認識主観にまで高められ、そのことによって物も個別を超えてイデアとして現れるからだ。

以上、鍵になる言葉をかなり大胆に（専門家からはお叱りを受けそうなほど）嚙み砕いて説明してみたが、あらためて『意志と表象としての世界』という書物の構成を見てみよう。この大著は四巻からなっており、最初の二巻が理論編（一が表象、二が意志）、第三が芸術論、第四が実践哲学あるいは道徳論という構成になっている。そして一巻から三巻までのキーワードが先に見た三つということになる。本書でウエルベックが翻訳引用したのは第三巻までであり、ショーペンハウアーが最も重要だと考えた道徳を扱う第四巻からの引用はない。ただし、それは、途中放棄したためにそこまでたどり着けなかったからというよりは、その重要な部分が『幸福について』で余すところなく扱われているためだ。ウエルベックも言うように、人生の根本問題が、これほど自由闊達に論じられる哲学書もまれである。

じっさい、皮肉なことに、主著『意志と表象としての世界』よりは『余録と補遺』こそがショーペンハウアーの名声を高めた本だった。ヨーロッパが一八四八年の革命運動から世紀末に向かう、憂鬱と退廃の時代である。それはまた、本書でも挙げられているボードレール（ウエルベックはときに「スーパーマーケットのボードレール」とも評される）の活躍した時期でもあった。このような文化潮流のなかでショーペンハウアーは、非合理的主意主義、芸術による救済の哲学、性愛の哲学、退廃的ロマン主義、ペシミズム、自殺擁護の代表とみなされ、一世を風靡した。その一方で、その文才ゆえにかえって、アカデミックな講壇哲学からは、一段低く見られていたことも否めない。じっさい、『意志と表象としての世界』は当初から学会では注目されず、その後も哲学史のなかでは傍流と見なされていると言ってもよい。日本でもショーペンハウアーは昔からたいへん人気のあった哲学者だったが、若者や素人向けの哲学者といって軽んじられている観は否めない。じっさい、ウエルベック自身も最初に出会って虜になったという『幸福について』(正確には『余録と補遺』に所収された『処世術箴言』)は、すらすら読めてほんとうに面白い、ウエルベックファンにはお薦めの本だ。一方、『意志と表象としての世界』はすでに述べたように、がちがちの哲学書で、読むのに少し骨が折れる(とはいえ、豊富な実例と不思議なエピソードが満載で、これも一度気に入ると病みつきになる)。

ところで、哲学者でもないウエルベックがなぜそんな面倒な哲学の翻訳に取り組み、またそれを成し遂げることができたのだろうか、という疑問を持つ読者もいるかもしれない。だが、ウエルベックにとってだけでなく、一般のフランスの読者にとっても本書はそれほどハードルが高くないと思われる。その理由のひとつは、フランスの高校では、最終学年が「哲学学級」と呼ばれることに端的に示されているように、哲学が伝統的に必修科目であり、この手の文章には免疫があること。もうひとつは、フランス語の場合、日常の言葉がそのまま哲学用語となっていることもあり、先に見た「表象」「意志」「観照」という言葉は日常会話でも出てくる言葉であることによる。

そもそも、ウエルベックを小説家という枠で捉えるだけでは、彼の全貌を捉えることはできないのではないか、と本書を訳しながらあらためて思った。日本ではもっぱら小説家として知られるウエルベックは、詩人、エッセイスト、さらにはミュージシャン、映像作家という顔も持つ。だが、彼のことを早くから評価していたジャーナリストにして作家、そして盟友でもあったドミニック・ノゲーズは、評論『ウエルベックの実態』においてエッセイストとしての側面を最も重要だと考え、エッセイの文体こそが彼の真の姿だと指摘している。「その証拠に、*彼のエッセイの典型的な特徴は彼の詩の中にも（例えば、詩集『闘争の感覚』の中の詩「自由主義に対する城壁」）、小説の中にも（特に『素粒子』）見られる。同じく、彼の小説のタイトルそのものが、機知に富んだ感傷的な言葉や社会的な出世物語よりは、マルクス主義的社会学や素粒子物理学の著作を告げている」。ノゲーズはとりわけ、ノヴァックの前書きにも何度か引かれている「無秩序への接近」*を高く評価しているが、本書でも、

＊その証拠に……告げている
Dominique Noguez, *Houellebecq, en fait*, Fayard, 2003, p.150.

＊「無秩序への接近」
Michel Houellebecq, *Interventions 2*, Flammarion, 2009.

そのエッセイストとしての才能は見事に発揮されている。

ウエルベックはその一見ノンシャランな語り口とは裏腹にきわめて緻密な構成をする作家で、その特徴は本書の端々にも見て取れる。たとえば、ショーペンハウアーと比較して、トーマス・マン、フロイト、ヴィトゲンシュタインにも言及しているが、これはけっして偶然ではない。彼らもまたショーペンハウアーの熱烈なファンであり、多大な影響を受けた人たちだった。ニーチェ、ワーグナーもそうである。ここからもわかることは、ウエルベックがショーペンハウアーに心底入れ込んでおり、この哲学者を熟知しているということだ。小説の中でも何度もその名前が引かれる。二〇〇四年に、スペインのムルシアで、ウエルベックが「ショーペンハウアー賞」！（寡聞にしてそのような賞の存在を知らなかった）を受賞しているのも、これらの功績によるのだろう。

たとえば『ある島の可能性』には、本書五七頁でも触れられる荒涼とした風景を観賞することを思わせる文脈で、ショーペンハウアーの引用がある。

地平はまったいらで、[*] 漆黒の断崖に囲まれた白い砂浜だ。おそらく本当に芸術家気質を備えた人間であれば、その孤独感、その美しさを自分に役立てることができるのだろう。僕の場合は、その果てのない風景を前に、防水布の上に乗った蚤の気分だった。その美しさ、その地質学的な見事さは、結局、僕にはどうでもいいものだった。むしろそうしたものに漠然とした恐れさえ感じる。「世界はパノラマではない」ショーペンハウアーはドライに言ってのける。

＊地平はまったいらで……言ってのける
ミシェル・ウエルベック『ある島の可能性』（中村佳子訳）角川書店、二〇〇七年、九六頁。

「世界はパノラマではない」[*]はウエルベックのお気に入りの言葉のようで、インタビューでも繰り返し用いている。そのすぐ先にもさらに一度。

ゲーテはショーペンハウアーに会い、クライストにも会っているが、本当の意味でこのふたりを理解することはなかった。プロイセンのペシミスト。どちらのことも、ゲーテはそう思っていた。ゲーテの一連のイタリアの詩を読むと、いつも僕は吐きそうになる。（同書九七頁）

また、『プラットフォーム』第二章第四節の終わりにも顔を出していた。

＊世界はパノラマではない
『意志と表象としての世界』続編第四十六節。ちなみに原文は断定ではなく、「世界はパノラマだろうか。なるほど、見るには美しいかもしれない。だが、それであることはまた別のことである」と続く。

ショーペンハウアーが[*]どこかでこんなことを書いている。
「人が自分の人生で憶えていることは、過去に読んだ小説よりほんの少し多い」まさにそういうことだ。ほんの少し多いだけなのだ。

＊ショーペンハウアーが……なのだ　ミシェル・ウェルベック『プラットフォーム』（中村佳子訳）河出文庫、二〇一五年、二〇五頁。

そして今年刊行の『セロトニン』にも、と引用を続ければきりがない。

しかしながら、ショーペンハウアーへのこの熱烈な傾倒は、ウエルベックの専売特許というわけではない。フランスに限っても、フローベール、モーパッサン、オクターヴ・ミルボー、ユイスマンスから、アンドレ・ジッド、プルースト、ベケットまで錚々たる作家たちがショーペンハウアーに心酔していただけでなく、哲学者のベルクソンやシオラン、サルトルまで、また、ドストエフスキー、カフカなど、この悲観主義の哲学者に魅了された者たちのリストは長い。その人気の理由は、ショーペンハウアーが机上の理論を振り回す講壇哲学者ではなく、人間精神の機微に通じた人生論の達人であったことにあるのだろう。だが、それに加えて、性についてもあけすけに語るたぐい稀な哲学者でもあったからではないか（フロイトが惹かれたのも宜なるかな）。『意志と表象としての世界』第四巻第五十四節は生を「生殖」の観点から論じているが、その論点は、ウエルベックが『ランサローテ島』や『素粒子』で描いた世界、欲情と生殖が分離され、遺伝子操作によるクローンが次世代をつくっていく世界の遠い出発点となっているようにも見える。

ところで、もしウエルベックがこの本を途中で放棄することがなかったら、ほかにどんな引用がされたのかを想像するのも楽しい。ショーペンハウアーにはまだまだ人口に膾炙した多くの名言*が存在

＊多くの名言
『読書について』

するからだ。

「学者とは書物を読破した人、思想家とは世界という書物を直接読破した人のことである」

「読書は思索の代用品だ。読書は自らの思想の湧出が途絶えたときにのみ試みられるべきものである」

「だから学者には往々にして無学の人でも持っている常識が欠けている」（耳が痛い）

「男の性欲がなくなればすべての女から美は消え去るであろう」

などなど。ここでは引用するのを躊躇《ためら》われる、ほとんど女性蔑視とも言えるショーペンハウアーの数々の名言（迷言）にミソジニストと見なされることも多いウエルベックがコメントをつけたとしたら、それはどのようなものになったろうか。

最後に、本書の序文を書いているアガト・ノヴァック＝ルシュヴァリエについても簡単に触れておこう。現在パリ＝ナンテール大学の准教授で、専門はバルザックとスタンダールを中心とした十九世紀の小説や演劇。さらには、それらの作家の二十世紀、二十一世紀文学への影響の分析にも熱心に携わっている。そのような関心から始まったのだろうか、彼女は二〇一〇年ごろからウエルベックに関心を示し、インタビューを精力的に始めた。そして『エルヌ』誌上で堂々たる「ウエルベック特集号」をひとりで編み上げただけでなく、ウエルベック本人と関係者へのインタビューも数多く収録している。さらに、昨年はウエルベック論『ミシェル・ウエルベック慰めの術』も出版し、アカデミックな世界とウエルベックをつなぐ重要な役割を担う存在と言える。

＊

本書はミシェル・ウエルベックの *En présence de Schopenhauer*（Éditions de L'Herne, 2017）の全訳である。翻訳の提案を国書刊行会の伊藤昂大さんからいただいたのは、ちょうど一年前のこと。熱狂的なファンからは程遠いが、ウエルベックの本からはいつも大きな刺激を受けてきたぼくは、二つ返事で引き受けた。それに二十歳のころ、ショーペンハウアーの『哲学入門』『読書について』『自殺論』などに読みふけった記憶がよみがえってきて、ウエルベックがどのようにそれを料理するのか、楽しみでもあった。短い本なので、翻訳そのものにはさほど時間はかからなかったが、生硬な哲学の文章と、ウエルベックの軽やかさをどう接続すればよいかが懸案だった。その難所を切り抜けるにあたっては、拙訳をたいへんていねいに読んでくださった伊藤さんの適切な助言に大いに助けられた。素晴らしいアドバイスでアシストしてくれた伊藤さんに心よりの謝意を表したい。

ショーペンハウアーの翻訳については種々の既訳を参考にした。とりわけ西尾幹二訳の『意志と表象としての世界』（中公クラシックス）の明快な訳と詳細な註には教えられるところが多かった。ただ、本書はあくまでもウエルベック訳のショーペンハウアーなので、結果的にはかなり自由に訳すことを選んだ。専門家の方々からのご指導とご叱責がいただければ幸いである。

また、この本を授業で一緒に読んでくれて自由な意見を述べてくれた立教大学の大学院生諸君、ドイツ語についての質問に答えてくださった同僚の前田良三先生、ドイツ哲学について貴重なご教示をいただいた高千穂大学の齋藤元紀先生にこの場を借りて感謝します。

二〇一九年四月　『セロトニン』の舞台の一部、パリ十三区にて

澤田　直

ミシェル・ウエルベック
1958年、フランス領レユニオン生まれ。世界で最もセンセーショナルな作家の一人。国立パリ＝グリニョン農業学院卒業。1991年、初の著書である『H・P・ラヴクラフト』を刊行。詩集やエッセイなどを発表する傍ら、1994年に小説第一作『闘争領域の拡大』を出版。その挑戦的な作風から、カルト的な人気を得るようになる。1998年に長編SF『素粒子』を発表し、フランス読書界を瞬く間に席巻、30ヵ国語以上に翻訳される。ついで、『ランサローテ島』、『プラットフォーム』、『ある島の可能性』と、次々に話題作を発表し、いずれもゴンクール賞にノミネートされる。2010年に『地図と領土』でゴンクール賞を受賞。2015年近未来小説『服従』、2017年『ショーペンハウアーとともに』を発表。最新作は2019年の『セロトニン』。

アガト・ノヴァック＝ルシュヴァリエ
パリ・ナンテール大学准教授。高等師範学校修了、大学教授資格者、パリ第3大学文学博士（博士論文は「小説における演劇性、スタンダールとバルザック」）。専攻、フランス19世紀文学。著書に『ミシェル・ウエルベック　慰めの術』（ストック社）。雑誌『カイエ・ド・エルヌ　ミシェル・ウエルベック特集号』の責任編集者。

澤田直（サワダナオ）
立教大学文学部教授。1959年、東京生まれ。パリ第1大学博士課程修了（哲学博士）。専攻、フランス語圏文学、現代思想。著書に『〈呼びかけ〉の経験――サルトルのモラル論』（人文書院）、『ジャン＝リュック・ナンシー』（白水社）、編著に『サルトル読本』（法政大学出版局）、訳書にサルトル『真理と実存』『言葉』（以上、人文書院）、ベルナール＝アンリ・レヴィ『サルトルの世紀』（藤原書店、共訳、第41回日本翻訳出版文化賞）、フィリップ・フォレスト『さりながら』（白水社、第15回日仏翻訳文学賞）、フェルナンド・ペソア『新編　不穏の書、断章』（平凡社）などがある。

ショーペンハウアーとともに

ミシェル・ウエルベック　著
アガト・ノヴァック＝ルシュヴァリエ　序文
澤田直　訳

二〇一九年五月二十日　初版第一刷　発行

発行者　佐藤今朝夫
発行所　株式会社国書刊行会
〒一七四-〇〇五六　東京都板橋区志村一-一三-一五
TEL　〇三-五九七〇-七四二一
FAX　〇三-五九七〇-七四二七
HP　http://www.kokusho.co.jp
Mail　info@kokusho.co.jp

ISBN　978-4-336-06355-7
印刷　創栄図書印刷株式会社
製本　株式会社ブックアート
装幀　水戸部功

乱丁・落丁本はお取り替えいたします。